D1510552

HISTOIRES VRAIES
Tome III

Pierre Bellemare est né en 1929.
Dès l'âge de dix-huit ans, son beau-frère Pierre Hiegel lui ayant communiqué la passion de la radio, il travaille comme assistant à des programmes destinés à R.T.L.
Désirant bien maîtriser la technique, il se consacre ensuite à l'enregistrement et à la prise de son, puis à la mise en ondes.
C'est Jacques Antoine qui lui donne sa chance en 1955 avec l'émission Vous êtes formidables.
Parallèlement, André Gillois lui confie l'émission Télé-Match.
A partir de ce moment, les émissions vont se succéder, tant à la radio qu'à la télévision.
Pierre Bellemare ayant le souci d'apparaître dans des genres différents, rappelons pour mémoire :
Dans le domaine des jeux : La tête et les jambes, Pas une seconde à perdre, Déjeuner Show, Le Sisco, Le Tricolore, Pièces à conviction, Les Paris de TF 1.
Dans le domaine journalistique : 10 millions d'auditeurs, *à R.T.L.;* Il y a sûrement quelque chose à faire, *sur Europe 1;* Vous pouvez compter sur nous, *sur TF 1 et Europe 1.*
Les variétés avec : Plein feux, *sur la première chaîne.*
Interviews avec : Témoins, *sur la deuxième chaîne.*
Les émissions où il est conteur, et c'est peut-être le genre qu'il préfère : C'est arrivé un jour, *sur TF 1,* sur Europe 1, Les Dossiers extraordinaires, Les Dossiers d'Interpol *et* Histoires vraies. Suspens *sur TF 1, et enfin* Racontez-moi une histoire, *émission qu'il produit et anime, dans le cadre des dimanches après-midi de TF 1.*

Jacques Antoine est né le 14 mars 1924 à Paris, fils d'André-Paul Antoine, auteur dramatique, et petit-fils d'André Antoine, fondateur du Théâtre-Libre.
Animateur depuis 1949 de sociétés de production de programmes de radio et de télévision, et directeur des programmes de Télé-Monte-Carlo, Jacques Antoine est, avant tout, un créateur. Il est donc impossible d'énumérer les programmes dont il est l'inventeur, seul ou en collaboration. Trois genres. Les jeux :

(Suite au verso.)

de *La tête et les jambes* au *Schmilblic,* du *Tirlipot* à *La bourse aux idées,* du *Tiercé de la chanson* à *Seul contre tous, Les Incollables, La Course autour du Monde,* le *Francophonissime, La chasse aux trésors,* etc. Les émissions d'un style très personnel et n'entrant dans aucune catégorie définie, comme *Le Club des rescapés, Monsieur B, court toujours, C.Q.F.D., Vous êtes formidables, Il y a sûrement quelque chose à faire, Vous pouvez compter sur nous...*

Enfin, les émissions qui requièrent les qualités d'un écrivain : soit pour des feuilletons à un personnage *(Peter Gay, Les tyrans sont parmi vous, Paola Pazzi),* soit destinées à un conteur tel que Pierre Bellemare *(Histoires vraies, Les Contes du pot de terre contre le pot de fer, Les Dossiers extraordinaires, Les Aventuriers, Les Nouveaux Dossiers extraordinaires, Les Dossiers d'Interpol* sur Europe 1).

PIERRE BELLEMARE
JACQUES ANTOINE

Histoires vraies

Tome III

ÉDITION N° 1

ŒUVRES DE JACQUES ANTOINE
et PIERRE BELLEMARE

Dans le Livre de Poche :

COMMENT FAIRE PARLER UN CHIEN

LE juge d'instruction retire ses lunettes, frappe de la paume des mains son crâne chauve et son regard furieux va de sa collaboratrice qui tape à la machine en mâchant du chewing-gum à la fenêtre d'où l'on aperçoit le ciel gris qui pèse sur Florence en ce mois de mars. Depuis qu'on lui a confié le dossier de l'affaire Graffiti, il n'a pas fait un pas.

Gianni Graffiti, milliardaire florentin de cinquante ans, a été trouvé en costume de ville dans un couloir de son appartement abattu de deux balles de revolver. Sa femme Pier Graffiti, même âge, morte d'une balle, tout habillée sur son lit. Le père et la mère de celle-ci : soixante-huit et soixante-quinze ans assassinés chacun d'une balle dans la tempe, dans leur chambre à l'autre bout de la maison. Le chien, un barboncino, a été trouvé réfugié sous un escalier. Bien qu'il ait reçu une balle dans l'épaule, c'était le seul survivant.

L'autopsie a révélé que les quatre victimes et le chien ont été abattus par le même revolver. En tout, six balles : un chargeur complet.

La fortune des Graffiti était bien connue. Tout

7

le monde savait que dans son immense maison des environs de Florence le milliardaire entassait des objets de valeur et que sa femme, bien qu'assez peu coquette, devait posséder quelques bijoux. Les carabiniers ont donc conclu qu'il s'agissait d'un crime de rôdeurs.

Mais trois jours après la découverte de cette tuerie, la thèse des carabiniers s'est effondrée lamentablement. Aucun bibelot n'a été volé, une somme d'argent relativement importante a été retrouvée dans le portefeuille de Gianni Graffiti, et un petit coffret soigneusement rangé dans une coiffeuse contient toujours les quelques bijoux de Pier Graffiti, sa femme.

Pourquoi diable des cambrioleurs auraient-ils tué les parents de Pier Graffiti qui dormaient dans une aile très écartée de la vaste demeure ? Si les domestiques n'ont rien entendu, pourquoi en aurait-il été autrement des deux vieillards ? D'autant que le père était sourd comme un pot. Enfin le chien, un minuscule barboncino répondant au nom de Chichi qui doit peser dans les trois kilos, ne constituait pas une menace. Alors pourquoi le tuer ? Par crainte de ses aboiements peut-être. En tout cas, il a tout vu, lui, mais comment faire parler un chien ?

Dix proches de la famille Graffiti assassinée attendent dans le couloir : valet, maître d'hôtel, cuisinier, lingère. Des gens fort paisibles dont aucun n'a de casier judiciaire. Ils sont appelés l'un après l'autre pour répondre aux questions du juge d'instruction :

« Vous, vraiment, vous n'avez rien entendu?...
Pas de coups de feu? Rien?...

— Non, répond le sévère maître d'hôtel.

— Vos maîtres n'avaient pas de chauffeur?

— Non. Il y a dans le garage trois grosses voitures, mais pas de chauffeur. Monsieur conduisait quelquefois lui-même et plus souvent Madame. Quand la voiture allait plus vite on savait que c'était Madame qui était au volant.

— Ils n'étaient pas à la maison la veille du crime. Ils sont donc arrivés dans la nuit. Vous n'avez pas entendu leur voiture?

— Non. »

Bien entendu, il est impossible de savoir si le maître d'hôtel ment ou dit la vérité, mais sa réponse est plausible étant donnée la disposition des lieux.

« Et vous n'avez aucune idée de la raison pour laquelle les assassins auraient voulu tuer aussi le barboncino?

— Non, monsieur. »

Le maître d'hôtel signe sa déposition et s'en va.

« Vous étiez au service des Graffiti depuis combien de temps? demande le juge au jardinier tordu, bancal et moustachu.

— Depuis douze ans, monsieur...

— Et vous étiez content?

— Ben, ma foi, oui... Le travail n'était pas trop pénible. Mes collègues et moi on était bien payés...

— A soixante-sept ans, vous n'alliez pas faire le jardinier encore longtemps.

— Non, mais M. Graffiti avait souscrit pour

nous une sorte d'assurance, pour plus tard, quand on serait vieux...

— Et vous n'avez aucune idée de la raison pour laquelle les assassins auraient voulu tuer aussi le barboncino ?

— Non, monsieur. »

Et le jardinier signe sa déposition et s'en va.

Le juge d'instruction songe un instant que le crime pourrait avoir été commis par le valet amoureux de sa patronne. Celui-ci est assez beau garçon, mais froid et pas du tout du genre sentimental.

« Ce que je pense de Madame ? répondit-il, étonné, à la question du juge. Vous savez, nous n'avions pas beaucoup de rapports avec elle. Madame s'occupait de ses affaires et pas beaucoup du personnel. Ils étaient corrects tous les deux, mais c'est tout. Il suffisait que la maison marche bien et que tout soit prêt quand ils arrivaient. Si j'avais rencontré Madame dans la rue, à l'improviste, je ne suis même pas sûr qu'elle m'aurait reconnu.

— Et que pensiez-vous d'elle physiquement ?

— Physiquement. Ce n'était pas mon genre. Bien faite mais trop masculine.

— Et vous n'avez aucune idée de la raison pour laquelle les assassins auraient voulu tuer aussi le barboncino ?

— Non, monsieur. »

Et le valet signe sa déposition et s'en va.

Le juge interroge alors la femme de chambre : vingt-cinq ans, blonde et bronzée car elle occupe le plus clair de ses loisirs à prendre des bains de soleil dans la cour réservée au personnel. Comment croire que cette jeune femme insignifiante ait pu se livrer à cette tuerie par déception amoureuse ?

Lorsque le juge lui demande si son patron s'est toujours conduit correctement avec elle, elle est positivement offusquée :

« Mais bien sûr. Il a toujours été parfait. Et puis, d'ailleurs, ce n'était pas un homme à s'intéresser tellement aux autres femmes. Madame lui suffisait.

— Qu'est-ce que vous voulez dire ?

— Eh bien, Monsieur et Madame n'étant pas mariés, l'un et l'autre étant divorcés, s'ils avaient décidé de vivre ensemble, c'est qu'ils s'aimaient à mon avis.

— D'accord. Mais avec le temps votre maître aurait pu se lasser. Après tout, Mme Graffiti n'était plus très jolie.

— De visage peut-être. Mais pour son âge elle était encore en pleine forme. Et puis un drôle de tempérament.

— Et vous n'avez aucune idée de la raison pour laquelle les assassins auraient voulu tuer le barboncino ?

— Non, monsieur. »

Et la femme de chambre signe sa déposition et s'en va.

De son premier mariage, Pier Graffiti avait un fils. Ce jeune homme, majeur, déclare au juge d'instruction qu'il n'entretenait que des relations assez espacées avec sa mère à laquelle il rappelait un passé qu'elle préférait sans doute oublier.

« Et vous ne lui en vouliez pas ? » demande le juge.

Le jeune homme hausse les épaules.

« Non. Pas vraiment. Elle aimait cet homme. J'étais plutôt heureux de la savoir heureuse.

— Vous n'étiez pas jaloux ?

— Quoi, de son mari ? Absolument pas.

— Chichi, le barboncino, il était à lui ou à votre mère ?

— A ma mère. »

Et le fils signe sa déposition et s'en va.

Gianni Graffiti avait deux filles. Majeures toutes les deux : l'une mannequin, l'autre faisait ses débuts de journaliste. L'une comme l'autre ne sont guère disposées à défendre outre mesure la mémoire de leur belle-mère, mais n'en peuvent dire grand-chose :

« Nous les voyions rarement, répondent-elles. Notre père ne nous mettait jamais au courant de ses affaires. Notre belle-mère ne nous aimait pas. Elle exerçait un véritable despotisme sur notre père et l'éloignait de nous. Mais c'était une femme honnête et il est certain qu'elle n'aurait pas cherché à nuire à nos intérêts.

— Connaissiez-vous le genre de vie qu'elle menait ?

— Elle aimait la vie active, les voitures rapides, la natation, la chasse. Elle maniait la carabine de salon et le revolver avec maestria. Elle était vive, impétueuse, facilement exaltée. Elle était d'une bonne famille d'industriels. Elle plut beaucoup à notre père qui l'épousa civilement en Suisse. Quand ils sont revenus en Italie, ils n'ont pas pu faire reconnaître légalement leur union. Ils s'en moquaient. Ils se sont installés dans la grande maison pour y mener une existence partagée entre les affaires, le sport et l'amour.

— Connaissiez-vous les gens qu'ils fréquentaient ?

— Non. D'ailleurs, ni l'un ni l'autre n'aimaient le monde. Jamais de réceptions. Jamais de séjours dans les palaces. A vrai dire jamais de repos. Papa gérait tout lui-même : ses fermes, ses vignes, ses immeubles, sa tannerie, sa fabrique de chaussures. Sa joie était que sa femme participe à ses affaires. Et elle était heureuse d'être associée à cette activité débordante.

— A votre avis, demanda enfin le juge d'instruction, est-il imaginable que Mme Graffiti ait eu un amant ? »

La question semble amuser les deux jeunes femmes. Selon elles, si Pier avait plu à leur père dix ans plus tôt, c'était pour tout autre chose que sa beauté et Pier n'était en rien une romantique capable de s'éprendre d'un godelureau ou de tomber dans les rets d'un charmeur professionnel. En dehors du milliardaire, on ne voyait pas bien qui eût pu s'éprendre jusqu'au crime de cette femme dépourvue de grâce, dénuée de coquetterie, très matérialiste, ayant les pieds sur terre. Pas le genre à cultiver la fleur bleue ou à effeuiller la marguerite.

Certes, elle apportait dans l'amour l'ardeur qu'elle mettait en toute chose et il semble que sa sensualité ait été assez forte mais à coup sûr elle aimait leur père et leur père seulement. Il n'y avait certainement personne d'autre dans sa vie.

Et les rares amis reçus à la maison n'étaient pas du genre à lui faire la cour.

« Elle tenait beaucoup à son barboncino ?

— Oui, beaucoup. »

Et les deux sœurs signent leur déposition et s'en vont.

En réalité, malgré leurs déclarations, toutes les personnes que vient d'entendre le juge d'instruction pouvaient avoir de bonnes raisons de tuer Gianni Graffiti et sa femme. Mais aucune raison de tuer les deux vieillards et le barboncino. C'est là le mystère, et à ce point de l'enquête le juge patauge toujours aussi lamentablement. Dix fois par jour on l'entend répéter : « Le chien connaît le criminel. Mais comment faire parler un chien ? »

Le vétérinaire qui soigne l'animal va lui fournir la réponse, lorsque la pauvre bête est sur pied une dizaine de jours plus tard. Il entre avec elle dans le bureau du juge d'instruction. Chichi dans ses bras paraît vraiment minuscule : une petite truffe noire émerge d'une énorme touffe de poils en forme de moustache sous deux yeux noirs comme des boutons de bottine. Le haut du corps a été rasé ainsi que les épaules pour permettre l'entrecroisement d'une bande Velpeau.

« Monsieur le juge, je vous présente Chichi, qui a quelque chose à vous dire. »

Le juge d'instruction jette un regard dubitatif sur l'animal tremblant de peur que le vétérinaire pose sur son bureau en défaisant le pansement :

« Vous voyez, monsieur le juge, la balle est entrée un peu au-dessous du défaut de l'épaule, presque sous l'aisselle et elle est ressortie entre deux côtes... Sur une si petite bête il est assez miraculeux qu'elle n'ait rencontré aucun organe vital. »

Pendant qu'il décrit sa blessure, le malheureux Chichi, les oreilles rabattues, le dos arrondi et la queue entre les pattes, essaie de rejoindre les bras du vétérinaire.

« Et alors ? demande le juge.

« Et alors l'épaule de Chichi, lorsqu'il est à quatre pattes, est à vingt-cinq centimètres au-dessus du sol. De plus, pour ressortir entre les deux côtes, il a fallu que la balle fasse dans son corps un parcours parfaitement horizontal... Cela signifie, poursuivit le vétérinaire, qu'il a fallu que la personne qui a tiré sur lui soit allongée par terre. Ce qui est tout de même assez peu vraisemblable. Par contre, regardez maintenant ce que va faire Chichi... »

Le vétérinaire vient de poser l'animal sur le sol. Le chien, toujours terrorisé d'être dans ce bureau qu'il ne connaît pas, n'a qu'une idée : celle de rejoindre les bras du vétérinaire. Et pour cela, comme ont coutume de le faire les barboncini, il se dresse sur les pattes de derrière, ses petites pattes de devant tour à tour repliées sur la poitrine ou se tendant vers l'homme pour le supplier de le reprendre.

« Vous voyez, monsieur le juge, si je tirais en ce moment sur lui verticalement, de haut en bas, la balle pourrait en effet entrer sous l'aisselle et ressortir entre les côtes. »

Le juge d'instruction, terriblement intéressé, s'est levé. Penché au-dessus de son bureau il regarde la scène.

« Seulement, poursuit le vétérinaire, Chichi est un petit chien très peureux et très timide. Jamais, il ne fera cela avec quelqu'un qu'il ne connaît pas. Devant un étranger, il s'enfuit, aboie ou se cache. Il est d'une extrême vivacité et ne constitue pas une cible facile. Moi il me connaît bien. Conclusion et si je ne me trompe pas, Chichi connaissait également très bien la personne qui a tiré sur lui. »

Dès le départ du vétérinaire le juge d'instruction sombre dans un abîme de réflexion. De toutes les personnes qui approchaient Chichi celles qui le connaissaient le mieux étaient évidemment le milliardaire et sa femme : s'agirait-il tout simplement d'un crime conjugal ?

C'est finalement la lingère, une vieille femme jusque-là demeurée fort discrète, qui va finir par reconnaître :

« On ne voulait pas le dire, parce qu'il ne faut pas salir la mémoire des morts, mais enfin on s'était bien aperçu que Monsieur et Madame se disputaient assez souvent, surtout ces derniers temps.

— A quel sujet ?

— On ne sait pas, parce que devant nous ils parlaient le plus souvent en anglais ou en allemand pour qu'on ne comprenne pas.

— Alors, comment saviez-vous qu'ils n'étaient pas d'accord ?

— Il y a des gestes, des intonations de voix qui ne trompent pas.

— Des gestes ?... Vous voulez dire qu'ils se battaient ?

— Oh! ça non... jamais... c'étaient des gens bien élevés.

— Ces querelles duraient longtemps ?

— Vous savez, Madame était très vive, très « soupe au lait »... Monsieur était plus calme mais ces scènes l'exaspéraient. Alors il se fâchait aussi.

— Et comment cela finissait-il ?

— Bah!... comme ça finit toujours avec des gens qui s'aiment bien. » Et la lingère complète sa déposition et s'en va.

Le sévère maître d'hôtel, sans doute libéré par les indiscrétions de la lingère, précise au juge d'instruction :

« Ça finissait bien... Ça finissait bien... C'est vite dit ! Moi j'ai remarqué que Monsieur paraissait de plus en plus las des colères de Madame et son humeur s'en ressentait de jour en jour.

— Et vous n'avez aucune idée de ces discussions ?

— Si. Je pense qu'il s'agissait d'argent. »

Le mot « argent » met la puce à l'oreille du juge qui fait mener une enquête dans les milieux d'affaires que fréquentait le milliardaire. Et là il découvre avec étonnement que celui-ci cherchait à vendre sa tannerie, son usine de chaussures et même les immeubles qu'il possédait à Florence.

Pourquoi ? Personne n'en sait rien.

Mais s'il s'agit d'un crime conjugal, les carabiniers auraient dû retrouver le revolver. Le juge d'instruction fait donc reprendre la perquisition, et un carabinier surgit, triomphant :

« Voilà, dit-il. J'ai remarqué sur la coiffeuse de Mme Graffiti un répertoire téléphonique ouvert à la page « I ». J'ai eu l'idée d'appeler toutes les personnes figurant sur cette page. Au numéro de l'une d'elles : Mme Milena Isseo, je suis tombé sur un répondeur automatique. Or, Mme Milena Isseo vient de rentrer des sports d'hiver et j'ai pu écouter les messages qu'elle a reçus. Dans la plupart des messages, les correspondants donnent la date et quelquefois l'heure de leur appel. Or, entre le 2 et 3 mars, donc peut-être durant la nuit, Mme Isseo a reçu un message prononcé par une voix de femme, sourde et essoufflée. En voici le texte :

« Pronto, Milena, ici c'est Pier, j'espérais te trouver mais je vois que tu es déjà partie. Pour moi ça ne s'arrange pas. Tout va mal... Je crois que nous ne nous reverrons jamais... Adieu, pense à moi. »

« Mme Isseo m'a confirmé qu'elle était la seule amie vraiment intime de Mme Graffiti. Celle-ci lui avait confié que son mari avait décidé de se séparer d'elle. Comme ils n'étaient pas mariés en Italie et que leur union civile en Suisse prévoyait la séparation des biens, elle craignait de se retrouver sans rien, et sans aucune activité. Milena Isseo lui avait conseillé de rechercher une entente avec son mari. Elle était capable de gérer les biens dont celui-ci lui aurait laissé l'usufruit. Mais au lieu de demander gentiment elle exigeait et se laissait aller chaque fois à la colère, ce qui mettait son mari hors de lui. Ça a été de mal en pis jusqu'à cet appel dans la nuit, enregistré par le répondeur automatique... qu'en pensez-vous, monsieur le juge ? »

Pour le juge d'instruction, à part un détail capital, tout devenait clair.

M. Graffiti — ayant été retrouvé dans un couloir, tué de deux balles — ne pouvait pas s'être suicidé. D'abord, on ne se suicide pas dans un couloir, et on ne se tire pas deux balles, la première vous empêchant généralement d'expédier la seconde. Par contre, Mme Graffiti pouvait fort bien dans une crise de rage et de désespoir avoir tué son mari puis ceux qu'elle aimait, c'est-à-dire ses parents et son chien pour ne pas les abandonner seuls dans la vie. Elle aurait alors appelé cette amie avant de se suicider.

Seulement voilà. Les carabiniers auraient trouvé le revolver.

Le juge fait fouiller la chambre centimètre par centimètre, et il faut croire que la première perquisition avait été faite en dépit du bon sens car le revolver est enfin découvert sous le lit, coincé sous la moquette par une couture défaite. Persuadés qu'il s'agissait d'un massacre, et que l'assassin venait de l'extérieur, aucun des carabiniers n'avait regardé sous la moquette. Le barboncino « Chichi » avait donc vu sa maîtresse tirer sur lui, puis se suicider, avant de laisser tomber le revolver au pied du lit, où un coup de pied malencontreux de l'un des domestiques affolé en découvrant le corps, avait dû propulser l'arme dans cette curieuse cachette.

Chichi ne fit pas de déposition.

UN DIEU GREC

Le ministre de la Santé relit pour la troisième fois une page dactylographiée couverte de chiffres. Il vient de faire une constatation bizarre, inattendue, inexplicable. Dans son bureau du gouvernement des Etats fédérés de Malaisie, installé depuis quelques mois, en 1958, sa première et logique décision a été de prescrire une vérification du rythme de la natalité dans ce nouvel Etat auquel l'Angleterre vient d'accorder l'indépendance.

Il appelle l'un de ses collaborateurs : le docteur Séranblan.

« Dites , mon vieux, vous avez vu cela ? Il y a une chute verticale des naissances chez les Sakaïs du district de Gunong Lavit. Vous avez une explication ? »

Le docteur Séranblan, trente-trois ans, a fait ses études de médecine en Angleterre. Né dans la presqu'île de Malacca, de père et de mère d'origine malaise, il est plutôt petit, le teint mat, les cheveux très noirs, épais et raides. Sur des yeux sombres, il porte des lunettes à monture d'acier.

« Oui... répondit-il à son ministre. J'ai remarqué ce détail, mais je n'ai aucune explication. »

Le ministre prend l'air ennuyé, et demande à son collaborateur s'il connaît les Sakaïs, car selon lui l'affaire est non seulement curieuse mais gênante.

« Non. Je sais simplement qu'il s'agit d'une petite communauté perdue dans un endroit inaccessible. »

Le problème est d'autant plus préoccupant pour le ministre et son gouvernement que les Sakaïs ont toujours été relativement prolifiques. Ils fournissent depuis la fin de la dernière guerre une collaboration précieuse aux détachements anglais et malais en lutte contre les guerillas communistes en déroute partout ailleurs en Malaisie mais qui s'accrochent dans les environs du Gunong Lavit, le pic qui domine la contrée.

« C'est sérieux, mon vieux,... insiste le ministre. Il faut trouver la raison de cette dénatalité. »

Le petit docteur Séranblan ôte ses lunettes avec perplexité, il est d'accord, mais ne voit pas d'autre moyen que d'étudier l'affaire sur place :

« Alors, allez-y ! Et bon voyage », dit le ministre !

Sous une faible escorte, après des jours et des jours de cheminement épuisant en pirogue, puis dans une jungle dense — royaume des tigres et des éléphants — le docteur Séranblan atteint la seule et unique agglomération d'un district perdu où sont groupés quelque six cents Sakaïs.

En 1961, la presqu'île de Malacca est partagée entre neuf sultanats qui forment les Etats fédérés malais. Mais si certains de ces Etats sont très évolués dans leur ensemble, d'autres comprennent des régions où la vie garde toute sa sauvagerie primitive. Dans le Tenganou, sur lequel règne un prince spirituel et lettré, les neuf dixièmes des deux cent mille sujets sont parfaitement adaptés aux idées modernes. Mais là où se trouve le docteur Séranblan, dans la zone montagneuse du Gunong Lavit, en principe aucun européen n'a jamais mis les pieds.

Sa surprise n'en est que plus profonde : alors que les Sakaïs viennent tout juste d'abandonner certaines traditions comme de collectionner les têtes ou de faire des colliers d'oreilles... alors qu'ils ont la peau foncée, les cheveux très noirs, les yeux sombres et légèrement bridés et dépassent rarement 1,65 m, les quelques bambins qui suivent le docteur Séranblan jusqu'à la plus importante des cases — celle du chef — ne leur ressemblent pas du tout. Ils sont grands, ils ont la peau claire, le cheveu ondulé souvent châtain et plusieurs d'entre eux ont les yeux bleus ! Curieux, se dit le docteur Séranblan, en pénétrant dans la case du chef, des européens sont passés par là ?

Sur le crâne du farouche et vieux chef de la tribu, quelques cheveux blancs frémissent, au rythme de la grande palme avec laquelle une jeune fille sakaï l'évente. Elle a le front ceint d'un collier de fleurs et les seins nus. Accroupi devant un bol de thé, le docteur Séranblan a fini de transmettre les salutations de son gouvernement, et il ne peut s'empêcher de poser la question qui lui brûle les lèvres :

« Est-ce que vous voyez beaucoup d'européens ici ?

— Non.

— Pourtant il semblerait qu'il en soit venu...

— Un seul... répondit le vieux chef. Il y a de cela vingt-trois ans, en 1941 un jour de décembre. C'était un soldat anglais. Il avait fait partie de la poignée d'hommes qui devaient s'opposer au débarquement des Japonais au Nord de la presqu'île. Les envahisseurs étant trop nombreux, les Anglais avaient dû se résigner à s'enfuir et dans la jungle, bien entendu, ils s'étaient perdus de vue.

« Cet Anglais qui venait d'arriver en Asie, et manquait complètement d'expérience, errait depuis des jours dans la forêt, jusqu'à ce qu'il tombe au hasard sur notre village. Mes guerriers l'auraient peut-être tué si ma fille Kula n'avait intercédé en sa faveur. Malheureusement cet Anglais n'a pas vécu longtemps. Huit jours après son arrivée, il était mordu par un serpent minute.

— Et vous dites que ce fut le seul Européen et qu'il y a vingt ans de cela ? Comment se fait-il alors que la plupart des quelques enfants que j'ai croisés ont la peau et les yeux aussi clairs ? »

Sur le front du vieux chef mille petites rides se forment. Ses yeux noirs d'ordinaire sévères deviennent toute candeur et innocence, il a pris son élan pour mentir, et dit d'un ton neutre :

« La peau et les yeux clairs ? Vous trouvez ? »

Le docteur Séranblan regarde autour de lui : contre chacune des nattes qui constituent les murs de la case, des visages d'enfants se pressent. Et dans chaque interstice brillent des yeux généralement bleus ou verts, à la rigueur noisette mais piquetés de vert.

« Mais enfin regardez ! s'exclame le docteur décontenancé.

— C'est peut-être le soleil de la clairière succédant à l'ombre de la forêt qui vous donne cette impression, réplique le chef avec ingénuité, puis il enchaîne avec malice : A moins que vous n'ayez goûté par mégarde à quelques fruits de la jungle? Il en est qui déforment les couleurs... »

Cette fois, le docteur Séranblan a la nette impression que le vieux chef se moque de lui :

« De toute façon, dit-il, le gouvernement m'envoie pour chercher une explication à un phénomène troublant : il semble que depuis cinq ans les naissances aient diminué chez vous dans des proportions énormes.

— Oui, c'est vrai. Nous avons un peu moins d'enfants.

— Un peu moins?... Autrefois, il y en avait une centaine par an, et la moyenne est tombée à trente-cinq! Comment expliquez-vous ça?

— Vous savez, les femmes sont changeantes... »

Sur ce trait de philosophie sans réplique, le vieux chef se lève : l'entretien est terminé.

Dans les heures qui suivent le docteur Séranblan et les hommes de son escorte interrogent dans le village tous ceux qui leur tombent sous la main : hommes, femmes, enfants... tous y passent. Tout d'abord, aux questions qu'ils posent, ils ne reçoivent que des réponses évasives. Mais ils parviennent tout de même à se faire une idée sur les traditions en vigueur chez les Sakaïs. Ces traditions n'expliquent pas tout; mais leur mettent la puce à l'oreille.

Les Sakaïs, en effet, ne voient aucun mal à ce qu'une fille soit mère alors qu'elle n'a pas de mari. Par ailleurs, même lorsqu'une femme est mariée, il est normal qu'elle choisisse un autre partenaire pour être le père de ses enfants si son compagnon légal n'a pas toute la perfection physique désirable.

Le résultat de cette subtile combinaison, est qu'en principe la totalité des enfants de la tribu sont engendrés par la poignée de jeunes notables constituant la garde personnelle du chef. Ce sont tous les garçons triés sur le volet pour leur belle apparence en même temps que pour leur noble origine. Ce droit de cuissage fonctionne donc au bénéfice de la race.

Les femmes Sakaïs, toutefois, ne sont pas simplement des bêtes à plaisir dont on ne sollicite pas l'avis. Elles ont le droit de choisir leurs amants aussi bien que leur mari. Mais cela n'explique ni le physique européen des enfants du village, ni cette subite baisse de natalité.

Enfin, le docteur Séranblan ayant amadoué les jeunes guerriers sakaïs qui constituent la garde prétorienne du chef de la tribu, s'assoit devant eux sur une souche d'arbre. Il regarde attentivement cette trentaine d'hommes tous bruns, les cheveux noirs et raides, avec une prunelle sombre et le blanc de l'œil un peu jaune. Ils ont l'air maussade et embarrassé, devant leur interlocuteur :

« Allons, dit ce dernier. Je suis là pour vous aider si vous avez un problème. Et vous avez un problème; il y a quelque chose qui ne va pas ici, je m'en rends compte. »

Après avoir longtemps hésité l'un d'eux enfin se décide à parler.

« Voilà, dit-il. Depuis cinq ans, nos femmes et

nos filles sont devenues folles. Le seul homme dont elles acceptent de partager la couche, c'est Kechill.

— Kechill... Qui est-ce ?

— C'est le fils de Kula la fille du chef et de l'Anglais qui est venu ici il y a vingt-trois ans.

— Je croyais qu'il avait été mordu par un serpent au bout de huit jours ?

— C'est vrai. Mais en huit jours il a eu le temps d'épouser Kula et de lui faire un enfant. Et l'enfant a maintenant dix-neuf ans.

— Et elles ne veulent coucher qu'avec lui ? demanda le médecin stupéfait.

— Oui... Oui c'est cela... Oui hélas !... Oui... acquiescent les jeunes hommes dépités.

— Pourquoi ? »

Les uns haussent les épaules, les autres lèvent les bras au ciel.

« Allez donc leur demander ! Je suppose que c'est parce qu'il n'est pas pareil que nous !

— Il ressemble à son père ?

— Oui. Il est grand, très grand. Il a les cheveux jaunes très clairs qui frisent, et des yeux bleus.

— Et pourquoi ne l'avez-vous pas chassé ?

— Parce que c'est le petit-fils du chef. Et que le chef l'aime beaucoup. Il doit lui succéder à la tête de la tribu. Le chef a la patience courte, et le poignard chatouilleux. Au début, nous étions tous d'accord. Cela ne nous déplaisait pas d'être commandés par un Blanc. On ne pouvait pas prévoir que les femmes ne voudraient plus que Kechill, et que nous on ne pourrait plus, enfin, vous comprenez, nous n'aurons plus de fils, les femmes ne nous laissent pas faire.

« — Vous voulez dire que vous êtes condamnés à l'abstinence ? »

Les braves guerriers baissent la tête honteusement, et le médecin ne peut s'empêcher de sourire, mais il est inquiet :

« Je comprends pourquoi la tribu est menacée d'extinction. »

Très sportivement, et non sans un humour involontaire, les jeunes guerriers ajoutent :

« Ce n'est pas que Kechill ne fasse de son mieux, mais il y a des limites à tout !

— Que comptez-vous faire ? » demande le docteur.

Des jeunes guerriers privés de leur droit de cuissage, ayant prêté serment par le sang de ne jamais se révolter contre leur chef ne voient qu'une solution si un compromis n'est pas trouvé... S'en aller, et abandonner le village à Kechill.

« Mais où est ce Kechill ? demande le docteur.

« Si vous voyez une femme qui marche très vite avec une couronne de fleurs sur la tête et un joli sarong, suivez-là et vous trouverez Kechill.

Le docteur Séranblan ne se le fit pas dire deux fois. Il se lève, regarde autour de lui, avise une jolie Sakaï dans un sarong bleu pastel sous lequel doit palpiter un corps menu. Elle a une pyramide de fleurs sur la tête, un collier à la main et elle trotte vers la rivière, d'un pas décidé.

Il y a quelque temps, des archéologues sousmarins montrèrent au grand public deux statues de bronze sorties de la mer au large d'un village italien. Il s'agissait de deux hommes aux corps

.admirables de perfection et de virilité puissante. L'une des deux statues représente un jeune guerrier dont la beauté fait penser à celle d'un fauve. Pour certains, seul le grand sculpteur grec Phidias aurait pu concevoir et modeler des hommes si beaux. Leur découverte fut un choc pour le monde entier.

C'est à peu près le choc que ressent le petit docteur Séranblan découvrant à travers ses lunettes à monture d'acier l'homme nu, puissant et bronzé, qui dans le lit de la rivière se dresse sur la pierre où il se chauffait au soleil. Phidias est passé par là...

L'homme regarde sans étonnement s'approcher la jeune femme au sarong bleu tandis que déjà un sarong rose s'éloigne. Par contre il reste figé de surprise en découvrant le docteur Séranblan qui jaillit des buissons.

« Vous êtes Kechill ? » crie le docteur depuis le bord de la rivière.

L'homme répond par un signe de tête affirmatif. Il doit faire 1,95 m, un géant dans ce pays où un homme de 1,65 m est considéré comme très grand.

L'existence très libre, quasi sauvage, qu'il a menée depuis l'instant où il a fait ses premiers pas, lui a façonné un corps souple, et harmonieusement musclé. Alors que les Sakaïs ont la peau foncée, la sienne est d'un bronze très clair. Au lieu de la noire crinière raide, il a de magnifiques cheveux blonds, légèrement frisés. Et son visage aux traits réguliers et fermes est éclairé par deux yeux immenses et bleus piquetés de points noisette. En somme, le fils du brave troufion britannique est un de ces êtres de rêve comme on en voit sur les vieilles gravures persanes.

A lui seul et par sa seule présence, il explique le drame étrange — si l'on peut appeler cela un drame — de ce village de Malaisie.

« Je peux vous parler ? demande le docteur.

A travers la rumeur du torrent Kechill répond d'une belle voix :

« Oui. J'arrive. »

Et en quelques enjambées, sautant d'une pierre à l'autre, l'athlète rejoint le petit docteur qui le regarde d'en bas à travers ses lunettes à monture d'acier.

Assis sur une pierre, essuyant les embruns que le torrent dépose sur le verre de ses lunettes, le petit docteur s'entretient donc avec Kechill, seul descendant d'Européens dans cette région peuplée d'hommes qui eux, ressemblent au docteur : petit, teint mat, cheveux noirs et raides, yeux sombres légèrement bridés.

Kechill, lui, est beau comme un dieu grec. Et il faut croire que les femmes sakaïs jugent la beauté masculine avec les mêmes critères que les empereurs. Du moins provisoirement, l'occasion faisant les larrones...

« Le gouvernement... dit le docteur, s'inquiète de la baisse effrayante de la natalité dans ce village.

— C'est vrai, dit Kechill en haussant ses larges épaules. Les hommes d'ici s'en plaignent aussi.

— Il faudrait que les femmes fassent des enfants, remarque le docteur, avec prudence et circonspection,.

— Je sais, je sais, c'est bien ce que je leur dis. Moi je ne peux pas faire plus, vous comprenez ?

— Elles veulent toutes que leur enfant vous ressemble ?

— Oui. Mais ce n'est pas seulement cela. »

Le petit docteur rougit et frotte ses lunettes de plus belle :

« Elles aiment, heu, enfin, faire ça avec vous ?

Kechill n'est pas gêné de répondre :

« Oui. Mais il n'y a pas que cela, je ne sais pas comment vous dire.

— Hum... Je crois comprendre... dit le docteur après avoir réfléchi quelques instants. Les femmes de ce village croiraient déchoir si elles avaient un enfant qui ne vous ressemblât pas. C'est la mode, en quelque sorte. »

Le docteur hésite encore puis se décide :

« Est-ce que vous ne pourriez pas faire comprendre à ces dames que vous en avez assez ? Par exemple, vous pourriez vous marier ?

— Le mariage ne servirait à rien.

— Mais enfin vous pouvez repousser les avances qui vous sont faites ?

— Vous savez, on repousse une fois, deux fois, trois fois, et puis on est bien obligé d'accepter, parce que si ça n'est pas celle-là, ça sera une autre.

— Et si vous quittiez le village ? »

Comme le dieu grec reste songeur, le petit docteur insiste :

« Cela vous plairait de quitter le village ?

— Ça dépend pour quoi faire ?

— Ah !... Il y a quelque chose que vous aimeriez faire ?

— Oui. Je vais vous montrer... »

Le dieu grec, nu, bronzé, ruisselant d'eau et de soleil, se lève et va chercher dans l'ombre d'un rocher un petit sac de peau dans lequel il doit conserver les objets les plus précieux qui ne le quittent jamais.

Il revient, s'accroupit, pose le sac sur la pierre, dénoue la lanière qui le tenait fermé et en sort un dépliant, imprimé, en couleurs, jauni, froissé, taché, mais le docteur y aperçoit la silhouette bien connue d'une automobile *Chevrolet modèle 1955*.

« Voilà, dit le dieu grec. J'aimerais travailler à ces machines-là. »

Les yeux du petit docteur tomberaient de sa tête s'ils n'étaient retenus par le verre de ses lunettes à monture d'acier.

« Quoi ?... dit-il. Vous voudriez être mécanicien ?

— Tout ce que je souhaite c'est d'aller dans une grande ville pour apprendre à m'occuper de ça. »

Et il frappe avec sa main le dépliant.

« C'est facile », dit le petit docteur.

Et il pense : « Trois fois hélas ! quitter ce paradis pour passer son temps le nez dans des moteurs de voitures... »

Mais il en sera ainsi. Le médecin va emmener le dieu grec, le placer comme apprenti dans un garage et tout le monde sera content. Le vieux chef lui-même est disposé à laisser partir son petit-fils puisque cela semble lui plaire.

C'est alors qu'intervient Kula, la mère. Elle fut sans doute très belle. Mais on vieillit vite chez les Sakaïs, et ce n'est plus qu'une petite femme ridée, furieuse de devoir être séparée de son fils, qui fomente une révolution.

En moins de temps qu'il n'en faut pour le dire, elle alerte les femmes du village. Deux cent cinquante d'entre elles, qui ont profité des faveurs de Kechill ou espèrent en profiter, s'arment de poignards, de hachettes, voire de fusils, et annoncent qu'elles réduiront leur dieu grec en chair à pâté plutôt que de permettre qu'on le leur enlève.

Là-dessus, les prétoriens du vieux chef de la tribu, excédés et surtout horriblement vexés, menacent alors de quitter le village.

Sans eux, celui-ci risque de devenir un refuge idéal pour les guérilleros communistes et le pauvre docteur Séranblan s'arrache les cheveux.

Averti par la radio, le gouvernement des Etats fédérés de Malaisie, après avoir longuement discuté, ne trouvera d'autre solution que de faire enlever le dieu grec par un commando de cent parachutistes largués dans la jungle avec des mitrailleuses et des mortiers. La guerre du sexe n'aura pas lieu.

L'OMBRE DE GRAVIDA

Sous un soleil de plomb, dix hommes en file indienne circulent dans des ruines romaines. Parmi eux, l'étrange docteur George Serguei qui va dans quelques secondes faire la rencontre de sa vie. Une rencontre inattendue, tout à la fois merveilleuse et terrifiante.

« Vous allez voir, messieurs, l'image la plus étonnante qui nous soit venue de l'Antiquité romaine. »

Là-dessus, le respectable savant italien qui promène dans ces ruines, en 1952, une expédition archéologique allemande, se glisse entre deux pans de murs et fait quelques pas. Ses sandales usées soulevant la poussière, il suit un petit sentier courant entre les vestiges confus et naïvement rassemblés de ce qui fut Pompei.

Derrière lui, coiffés de chapeaux de paille, promenant sur leurs fronts rouges et transpirants d'énormes mouchoirs, les archéologues teutons s'extasient : là sur un pied de colonne, ici sur quelques centimètres de fresque, ou bien se baissent pour ramasser un morceau de lave, avec dévotion.

Soudain, l'un d'eux se retourne, cherchant des yeux le docteur George Serguei.

« Allons... Allons... messieurs, pressons s'il vous plaît !

— Excusez-nous, il faut attendre, nous avons perdu le docteur Serguei. »

La petite caravane s'immobilise. Les regards se portent aux quatre points cardinaux et les archéologues appellent à la cantonnade :

« Docteur Serguei ! Docteur Serguei !

— Voilà... Voilà... J'arrive ! » répond une voix lointaine.

Dans l'immensité grisâtre du labyrinthe écrasé de soleil, une lourde silhouette s'agite en tous sens, qui ressemble à une fourmi affolée. Lorsqu'enfin le docteur Serguei se sent bien en vue de ses compatriotes, il brandit un objet grisâtre.

« Regardez ce que j'ai trouvé ! »

Il continue de s'approcher en trottinant, frottant l'objet sur la manche de sa veste. Autour de lui, les archéologues font un cercle.

« Qu'est-ce que c'est ?

— Vous voyez bien... C'est un poignard.

— Vous croyez qu'il est d'époque, docteur ?

— J'ai l'impression... »

A son tour, le savant-guide italien se penche sur l'objet :

« Le manche est en bronze... Il se pourrait qu'il soit en effet contemporain des ruines... Où l'avez-vous trouvé ? »

Le docteur Serguei explique qu'en remuant du pied quelques pierres il a découvert une pointe, émergeant des scories. Il a gratté et sorti ce poignard.

Le guide fronce les sourcils car il est évidemment interdit de se livrer à ces fouilles sauvages. Toutefois il n'est pas étonné de la découverte, car à cette époque, il y a encore bien des choses cachées dans le sol de Pompéi.

« Bien, messieurs. Nous verrons cela plus tard. Pour le moment, avant que le soleil ne tourne, allons voir la merveille dont je vous ai parlé. »

Silencieux et transpirants, les dix Allemands reprennent leur déambulation pour s'arrêter tout net lorsque le guide, les bras en l'air légèrement écartés, s'exclame :

« La voilà... Regardez... »

Et il s'efface, découvrant sur un mur blanc une ombre grise, à la fois imprécise et terriblement présente.

D'une voix émue, le guide commente :

« Voyez l'ondulation de ses cheveux, la gracilité des formes, la pureté du profil presque enfantin du visage. C'était une jeune fille. C'est ainsi que l'éruption du Vésuve l'a surprise. La lueur aveuglante a projeté son ombre sur le mur, le choc l'a plaquée sur le mortier clair encore frais. La poussière s'est collée tout autour. Lorsqu'elle s'est affaissée dans la cendre brûlante, son image était gravée pour l'éternité. Nous lui avons donné un nom : nous l'appelons Gravida. »

Silencieux, les yeux écarquillés, les savants teutons scrutent la silhouette. Son attitude, son mouvement sont tels que l'on croirait une ombre chinoise vivante, au point qu'ils s'attendent presque à la voir bouger, et finir le geste qu'elle avait commencé.

Le plus impressionné de tous, est le docteur George Serguei. On dirait un ours. Un grand ours aux cheveux grisonnants; tenant dans sa grosse patte velue le couteau qu'il vient de trouver et qu'il a si bien frotté, et si fort, contre la manche de sa veste que la lame luit faiblement dans le soleil couchant.

Etrange docteur Serguei. Lorsque ses collègues, l'un après l'autre s'arrachent à la contemplation de celle qu'on appelle Gravida, ils doivent l'appeler à nouveau :

« Docteur Serguei! Docteur Serguei! Dépêchez-vous... L'autobus nous attend! »

Le docteur abaisse lentement ses paupières sur ses yeux bleus, dans lesquels il vient d'enfermer à tout jamais les formes de la jeune Romaine.

La nuit est tombée sur Pompei. Las et solitaire, le docteur Serguei chemine au hasard des ruines de l'antique cité, ensevelie sous les laves brûlantes du Vésuve il y a 2 000 ans. Ses compagnons se sont égarés. Il reste prisonnier du labyrinthe. Soudain, son cœur bat plus vite : une jeune fille inconnue vient de disparaître sous un porche. Au milieu de l'ombre, le souffle court, il la suit. Elle s'avance, tranquille, comme si elle n'avait pas conscience d'être suivie. Mais elle se retourne subitement. La lune fait briller dans ses yeux noirs une lueur de surprise.

« Gravida » murmure le docteur Serguei. Tu es Gravida...

— Oui. »

La jeune Romaine doit lire sur le visage du

docteur son désir fou de se jeter sur elle, de lui arracher sa tunique, car une lame brille dans l'obscurité : la dernière Pompéienne brandit un poignard :

« N'approche pas... ou je te tue...

— Mais pourquoi ?

— J'aime un autre homme...

— Mais bientôt il n'y aura plus personne à Pompei. Tu le sais bien. Tous vont mourir. Nous serons seuls toi et moi.

— Alors, je n'aimerai plus personne. »

Comme un gros ours qu'il est, le docteur Serguei se jette contre la jeune fille pour l'étouffer de ses bras. Mais il tend la main afin de se protéger de la lame du poignard qui se lève pour le frapper. Il l'arrache, et c'est lui qui frappe.

Gravida glisse dans ses bras. Du sang coule entre les doigts du docteur. Il goutte à ses pieds, près de la jeune Romaine dont le corps, agité de quelques spasmes, se détend dans la mort.

Alors, le docteur Serguei entend monter une rumeur. C'est d'abord un bourdonnement, comme celui d'une ruche en folie. Puis un craquement, éclatant et sinistre : c'est l'éruption du Vésuve et le châtiment.

Le docteur Serguei se redresse d'un bond dans son lit du petit hôtel Olympe près de Pompéi ! Il regarde ses mains : elles ne sont pas tachées de sang. Sur la table bancale, près de son sac, le poignard de bronze trouvé dans les ruines n'a pas bougé.

Pourtant, le docteur Serguei est certain qu'il n'a pas rêvé. Le drame qu'il vient de traverser lui semble tellement logique, inéluctable, que cela ne peut être le fruit de son imagination. Depuis toujours, pendant son adolescence, pendant la guerre, dans les ruines de l'Europe, dans les villes dévastées de l'Allemagne, il a cherché cette silhouette de jeune fille imprécise et pourtant terriblement vivante. Depuis toujours, il a craint de la tuer s'il la rencontrait.

Non. Décidément, ce ne peut pas être un simple cauchemar.

Mais ce n'est pas non plus une simple prémonition. Tout était si précis, si net, si complet, comme un moment de sa vie dont il aurait gardé le souvenir exact.

Bref, le docteur Serguei est convaincu qu'il s'agit à la fois d'un souvenir et d'une prémonition; un drame éternellement recommencé dans une suite ininterrompue de réincarnations.

Six mois plus tard, il est convoqué par le chef de la mission archéologique allemande de Pompéi. Dans le bureau sommairement installé sous un toit de tôle ondulée, quelque part dans les ruines, sous un ventilateur qui bat lentement des ailes, le gros ours s'assoit devant un petit homme à la barbiche en pointe, et qui lui demande d'une voix également pointue :

« Que cherchez-vous donc docteur Serguei ? » La petite barbiche en pointe, interrogative, tremble d'indignation.

« Je cherche à reconstituer la vie ou du moins les derniers jours de la vie de Gravida.

— En tout cas, docteur Serguei... Vos agissements vous ont mis dans un très mauvais cas.

— Ce sont des calomnies.

— Non, non. Les témoins sont formels. Sous prétexte d'expériences de voyance, vous attirez des jeunes filles dans les ruines de Pompéi. Vous leur mettez dans la main le poignard que vous avez trouvé sur place et vous les endormez. Je sais que vous êtes un spécialiste de l'hypnose, mais ce n'est pas pour cela que vous avez été engagé comme médecin de l'expédition.

— Mais l'hypnose est un moyen d'investigation archéologique remarquable. Je n'ai pas encore reconstitué la vie de Gravida. Mais les médiums ont revécu les derniers jours de Pompéi. Ils se souviennent avec précision de l'éruption du Vésuve. Ils... »

Le petit homme à la barbiche en pointe se lève et déclare sèchement :

« Vos médiums se souviennent surtout de la terreur que vous leur inspirez. Si la police est venue enquêter ce n'est pas sans raison. Le scandale rejaillit sur nous tous. Il doit cesser. En tant qu'archéologue, je désapprouve ces incursions hypnotiques dans le passé. En conséquence, vous pourrez considérer que vous ne faites plus partie de notre expédition. Je compte bien que vous prendrez le train pour l'Allemagne dès que possible. Je dois également vous prévenir que j'en référerai au Conseil de l'Ordre. »

Suspendu pour six mois par le Conseil de l'ordre, le docteur George Serguei se trouve donc à Munich dans un petit appartement dont personne ne franchit la porte. Amphores, blocs de lave refroidie, pierres vétustes, statuettes écornées sauvées des ruines, tout ou presque provient de Pompéi.

Sur la cheminée, trône le poignard de bronze où la poussière se dépose. Il est devenu le symbole même de l'amour; le témoignage tangible d'un crime imaginaire, commis par son propre fantôme sur un fantôme. Le symbole aussi d'un remords effroyable et réel, d'un remords en quelque sorte anticipé, car le docteur Serguei sait qu'un jour, fatalement, le fantôme de Gravida — qui le visite pendant chacun de ses sommeils — débordera l'aurore et envahira sa vie au grand jour. — Le moment viendra où il rencontrera Gravida. — Alors, que se passera-t-il?

Il se croit un médecin maudit, réincarné, renouvelant dans chaque vie le même crime expiatoire depuis celui commis à Pompéi en l'an 79.

Si l'on croit à la réincarnation, il n'y a rien de dément dans le drame du docteur Serguei. Si l'on n'y croit pas, il est fou. Mais la folie ayant sa propre logique, le docteur Serguei a raison d'avoir peur. Car son obsession, qui pour le moment ne le possède que la nuit, comme toutes les maladies, attend, pour le gagner tout entier, le moment favorable. Ce moment favorable, ce sera l'instant où il rencontrera celle — qu'à tort ou à raison — il identifiera comme étant Gravida. Et cette jeune fille existe dans Bonn. Elle s'appelle Anna. Elle a dix-huit ans, des cheveux blonds et des yeux noirs.

Un matin, la sonnette de la porte d'entrée de l'immeuble tire le médecin de sa torpeur.

« Docteur, c'est pour vous... » crie dans la rue une voix fraîche de jeune fille.

En bas, le médecin trouve deux personnes.

L'une est sans importance : un livreur qui lui apporte quelques livres commandés à la librairie. Mais l'autre... Il ne voit que sa silhouette : une ombre projetée sur le mur blanc par le soleil de la rue à travers la porte ouverte. Ombre grise à la fois imprécise et terriblement présente. L'ondulation des cheveux, la gracilité des formes, la pureté du profil presque enfantin du visage... Le docteur crie intérieurement son nom : « Gravida ! »

« Mademoiselle ! Mademoiselle ! »

Elle le regarde, étonnée. Elle a de grands cheveux blonds formant une large auréole autour d'un visage si régulier qu'on croirait une fresque, dans lequel brillent deux yeux noirs en forme d'amande.

« Je voulais vous remercier, mademoiselle...

— Il n'y a pas de quoi, monsieur.

— Je suis le docteur Serguei.

— Et moi la fille de votre propriétaire... »

Elle sourit.

« Je m'appelle Anna. »

Comme Anna va partir, le docteur la retient encore :

« Attendez... Attendez... Comment se fait-il que je ne vous ai jamais rencontrée ?

— C'est que vous ne m'avez jamais remarquée, docteur, car moi je vous ai plusieurs fois croisé dans l'escalier. »

C'est sans doute vrai. Le docteur ne l'a pas remarquée jusqu'à ce que ce profil, entrevu un instant sur le mur blanc, lui ait fait comprendre que c'était elle : Gravida.

« Anna... Vous permettez que je vous appelle Anna... Quel âge avez-vous ?

41

« — Dix-huit ans.

— Vous ressemblez à une jeune fille que j'ai connue, une jeune Romaine. Je l'ai rencontrée dans les ruines de Pompéi. Elle s'appelait Gravida. Mais je vois que vous êtes pressée... Le travail vous attend ?

— Oui, docteur... Au revoir.

— Au revoir, mademoiselle. »

Le soir même, lorsqu'Anna revient, un gros ours au poil gris est assis dans l'appartement de ses parents. Le docteur Serguei s'est présenté à eux : il est médecin, hypnotiseur et archéologue.

Voilà de quoi impressionner des gens simples. Mais le fait que leur fille ait le profil exact de Gravida, la jeune Romaine dont la silhouette est inscrite pour l'éternité sur un mur blanc de Pompéi, les étonne.

« Prêtez-moi seulement Anna pour une expérience. »

Il met, sous les yeux des parents, Anna en sommeil. Il place dans sa main le poignard de bronze. Guidée par lui, Anna parle en dormant.

« Vous êtes dans une ville romaine de l'antiquité. Que voyez-vous ?

— Je vois des temples... des colonnades... »

Bien entendu, la jeune fille décrit ce qu'elle a vu sur les gravures, ou les tableaux, entrevus dans les musées. Mais sous la pression du docteur Serguei la description est si minutieuse, et abondante en détails que les parents sont stupéfaits.

Lorsque le docteur Serguei lui affirme :

« Vous êtes une jeune Romaine. Comment vous appelez-vous ? »

Evidemment, Anna doit se souvenir de la conversation qu'elle a eue ce matin avec le docteur Serguei.

« Je m'appelle Gravida.

— Comment êtes-vous vêtue ? »

A nouveau, l'observation même inconsciente de l'iconographie romaine, fournit à la jeune fille les éléments d'une description assez riche bien que probablement fantaisiste.

C'est du moins ainsi que l'on peut expliquer cette étrange reconstitution par hypnose. Mais, après tout, il n'est pas interdit de croire que le médium revit réellement les événements dont le docteur Serguei lui demande de se souvenir.

Elle évoque, informe d'abord, puis de plus en plus précise, l'histoire vieille comme le monde d'une cité en liesse, de couples heureux, de fêtes insouciantes, à l'ombre d'un volcan grondant comme un chien soupçonneux.

La nuit est tombée. Elle se hâte de rentrer chez elle. Un homme la suit jusqu'au seuil de sa demeure. Dans l'ombre elle se retourne et...

« Merci, Anna ! »

Le docteur Serguei l'interrompt précipitamment.

Les parents d'Anna semblent paralysés. Leur fille revient lentement à la conscience, regardant le couteau entre ses mains, sans comprendre. Mais le médecin est à bout de nerfs; il a cru que Anna allait tout révéler : la lutte à mort, le meurtre tandis que le Vésuve se déchaîne, le dernier cri de Pompéi dont il est lui, George Serguei, responsable, coupable, en rêve. En rêve seulement, jusqu'à présent.

Dans les jours qui suivent, le docteur Serguei guette derrière les fentes de ses volets qu'il n'ouvre jamais, le départ et le retour d'Anna. Dans la pénombre, un furtif rayon de soleil arrache parfois un éclat au poignard de bronze sur la cheminée.

Mais un jour le rire d'Anna est accompagné d'une voix qu'il ne connaît pas. Une voix qui mue. Par la fente des volets, le docteur Serguei distingue un tout jeune homme dégingandé, à la lèvre duveteuse. Il serre les dents : Gravida doit être à lui et à nul autre...

Sur le palier, le docteur Serguei entend grincer les marches. La jeune fille est seule. Un bref instant, l'ombre de Gravida se profile sur le mur. Il murmure :

« Une seconde, Anna s'il vous plaît, juste une seconde... »

Le gros ours montre la porte grande ouverte de son appartement :

« Je veux vous montrer la photo, que j'ai faite à Pompéi, de l'ombre de Gravida. »

Anna entre sans méfiance.

Mais dans l'appartement sombre, lorsque la porte se referme, la jeune fille doit lire sur le visage du docteur son désir fou de se jeter sur elle. Elle saisit le poignard de bronze qui traînait sur la cheminée.

« N'approchez pas ou je vous tue !

— Mais pourquoi ?...

— J'aime un garçon.

— Mais bientôt il n'y aura plus personne ici. Tu le sais bien... Tous vont mourir. Nous serons seuls toi et moi... »

Comme un gros ours qu'il est, le docteur Serguei se jette contre la jeune fille pour l'étouffer dans ses bras. Mais il tend la main afin de se protéger de la lame du poignard qui se lève pour le frapper. Il l'arrache, et c'est lui qui frappe.

Gravida glisse dans ses bras. Du sang coule entre les doigts du docteur. Il goutte à ses pieds près de la jeune Romaine dont le corps, agité de quelques spasmes, se détend dans la mort.

Le lendemain, on les retrouvera enlacés dans l'appartement sombre de Bonn parmi les vestiges de Pompéi.

La peine de mort n'existe plus en Allemagne Occidentale, mais beaucoup d'Allemands voudraient la rétablir pour punir le docteur maudit, car ils refusent de croire à la thèse qu'il présente pour sa défense : la réincarnation. La réincarnation et la malédiction... Punition divine qui le pousserait à recommencer dans chaque vie le même crime.

Au procès les jurés s'étonnent. Jamais ils n'ont entendu parler de cette Gravida et de son ombre sur le mur de Pompéi, et puis comment se fait-il que le docteur Serguei qui raconte avec exactitude les événements qu'il aurait vécus il y a deux mille ans, soit incapable de se souvenir du nom qu'il portait à cette époque-là ?

Contre l'avis unanime des psychiatres, les jurés l'ont donc considéré comme responsable et condamné à quinze années de travaux forcés, à l'ombre de Gravida.

LE PIANO DU DÉSERT

Un fonctionnaire... qu'est-ce qu'un fonctionnaire ?
Un homme. Or l'homme n'est pas parfait. Qu'y
a-t-il donc de pire qu'un homme fonctionnaire
imparfait ? Un bureaucrate. Et quoi de pire
encore ? Un bureaucrate fasciste.

Celui-là est un bureaucrate fasciste de la race
mussolinienne. Un bel exemple. Sa fonction pourtant devrait adoucir les angles de ce visage carré,
moduler cette voix sèche. Il est chargé du service
culturel. C'est un petit homme chauve, qui a l'air
d'un coq, et que son uniforme rend totalement
ridicule. Il regarde le visiteur d'un œil soupçonneux.

« Tous les biens trouvés au palais du roi Victor
Emmanuel, ont été confisqués. Ils ne sont pas
visibles ! »

Le visiteur, qui a dit s'appeler Avner Carmi, est
un jeune homme à l'air romantique, au visage fin,
et aux mains délicates. Vêtu d'un costume gris, il
a l'air d'un artiste, si l'on en croit la lavallière qui
lui sert de cravate. Sa voix est calme, posée,
musicale :

« Je comprends, monsieur, mais je ne suis à

46

Rome que pour quelques jours. N'y a-t-il pas une possibilité? Je ne désire voir qu'un seul objet de cette collection. C'est un piano...

— Dans quel but?

— Oh! il n'y a pas de but, c'est une sorte de mission que je me suis promis de réaliser. Voyez-vous, mon grand-père était pianiste. Il était russe et, jadis, il a eu la grande joie de jouer sur cet instrument remarquable. Il m'en a beaucoup parlé avant de mourir. Je suis accordeur de piano. Mon grand-père me disait souvent : « Tu dois « contempler cette œuvre d'art, tu ne verras « jamais son semblable et tu n'entendras jamais « pareil son. » Ce piano est une merveille, monsieur, le savez-vous? C'est l'œuvre de Marchisio, l'un de vos plus célèbres facteurs de piano, et c'est Ferri le sculpteur qui a orné la caisse...

— Je sais... Je sais... vous ne m'apprenez rien! »

Si. Le visiteur a nettement l'impression qu'il apprend tout à ce rustre chargé de la confiscation des biens royaux. Que peut dire un piano, même unique, à un homme dont les mains ressemblent à celles d'un boucher?

Carmi insiste encore, les yeux pleins d'espoir :

« Je ne demande qu'à le regarder, monsieur, pour prendre des notes. C'est important pour mon métier, j'aimerais vérifier la sonorité. Je peux même le remettre en état, et l'accorder si nécessaire. Un piano ne doit pas rester longtemps sans soins, voyez-vous. Il y a les feutres à vérifier, et les cordes qui peuvent souffrir d'être mal tendues.

— Je regrette, il n'en est pas question. L'administration se charge de tout cela. Nous sommes organisés. De plus, je vous le répète, cette collection a été mise sous séquestre. Sur les ordres de Mussolini lui-même. Il s'agit là d'un art décadent, que nous ne souhaitons pas montrer aux étrangers !

— C'est qu'il s'agit d'un vœu, monsieur. J'avais promis à mon grand-père, et je suis à Rome, c'est pour moi une déception cruelle.

— Faites une demande officielle, par l'intermédiaire de votre ambassade ! Nous verrons la suite qu'il convient de donner à votre demande ! En attendant, je vous conseille vivement de visiter nos musées, monsieur... monsieur ?

— Carmi, Avner Carmi... merci de vos conseils. »

Et le jeune homme s'en va. Il n'aime pas l'air méprisant dont le fonctionnaire a souligné sa dernière phrase. Et il traverse les immenses bureaux, froids et vides, pour regagner le soleil de Rome en 1938. Son ambassadeur ? Un apatride n'a pas d'ambassadeur. Et un apatride né à Jérusalem, encore moins.

Carmi, l'accordeur de piano, est à Londres lorsque l'Allemagne d'Hitler entre en guerre avec la brutalité que l'on sait. C'est le temps du bruit des canons. Les pianos n'y peuvent rien. Carmi contemple ses mains. Que faire ? Il pourrait se boucher les oreilles aussi. A quoi sert un petit accordeur de piano, dans le concert délirant de la deuxième guerre mondiale ? Et quelle nation peut défendre un apatride comme lui ? Une seule, celle de la liberté. Une nation sans frontière.

Le voilà, au bureau de recrutement de l'armée britannique. Il s'engage, volontairement. Affecté

48

en 1942, à l'unité de train de la 8ᵉ armée de Montgomery, il se retrouve en Afrique du Nord.

Le 23 octobre, à 21 h 40, Montgomery déclenche son offensive, sur les positions de Rommel, à partir d'El Alamein.

Le 4 novembre, dans un message à Churchill, Montgomery peut annoncer :

« L'ennemi vient d'atteindre le point de rupture et fait ses efforts pour replier son armée. »

Le 23 janvier, tout est fini. La 8ᵉ armée anglaise entre à Tripoli. Trois mois de guerre et douze jours de bataille acharnée dans le désert, truffé de mines, 2 000 kilomètres parcourus et 73 000 cadavres allemands ou italiens. Carmi, simple soldat anglais, vient de vivre tout cela, et cela s'appelle l'enfer.

À présent, il faut balayer les décombres. A El Alamein, il fait partie d'un groupe d'hommes désignés pour rassembler les épaves abandonnées par l'armée de Rommel. Des tonnes de matériel, des chars, des mitrailleuses, des équipements, des jeeps, de la ferraille, des montagnes de ferraille. Et au milieu, une chose étrange, lourde, énorme. Un soldat curieux la tâte à grands coups de botte.

« Eh Carmi ? Viens voir. Qu'est-ce que c'est que cet engin ? »

Carmi s'approche, et l'étonnement le cloue sur place :

« Un piano ! »

Oui, un piano dans le désert. Un fantôme de piano plus exactement. Dont on devine à peine la forme initiale. Un piano de pierre dans le désert. En réalité, il est recouvert d'une solide couche de plâtre durci. La caisse de résonance est emplie de sable, les clefs, les cordes, les ressorts, noyés dans ce sable, lui font un clavier muet.

Carmi s'assoit dans le sable lui aussi. Il en pleurerait :

« Ces sauvages ont fait d'un instrument de musique une sorte de bar de campagne. On devine encore la trace ronde des verres posés sur lui. »

Il imagine les soirées des officiers allemands. C'est incroyable. Ces gens-là avaient même un piano !

Le soldat qui accompagne Carmi dans cette décharge, le secoue :

« Eh ! Tout ça est à brûler ! C'est l'officier qui l'a dit ! »

Mais Carmi lui demande :

« A ton avis, pourquoi ont-ils fait ça ?

— Quoi ça ?

— Ce plâtre !

— J'en sais rien moi, sûrement pour qu'il ne s'abîme pas dans le désert. Tu sais, les Allemands, ils sont un peu fous ! Regarde, ils ont dessiné des choses sur le plâtre, il y a des signatures, des avions, des croix. Ils devaient marquer nos pertes là-dessus, les salopards. Allez, viens, on brûle tout ça... »

Mais Carmi se redresse. Il caresse l'étrange instrument avec tendresse. Un piano pour lui, même coulé dans le plâtre et ridiculisé est toujours un piano. Il n'a sûrement pas grande valeur, mais il ne pourra pas le voir brûler.

Le voilà qui court après l'officier :

« S'il vous plaît, lieutenant. Je voudrais vous demander une grâce. »

Comme il y a quelques années, alors qu'il voulait voir le piano du roi Victor Emmanuel, Carmi s'explique :

« Je suis accordeur de piano dans le civil, mon lieutenant, j'aime les pianos. Permettez-moi de le sauver !

— Allons, Carmi, nous n'en sommes pas là, c'est la guerre je vous le rappelle ! Nous n'allons pas nous encombrer de débris ! D'ailleurs, il est inutilisable ! Et il est couvert de plâtre. On a essayé de gratter la couche, c'est impossible.

— Mais ce n'est pas grave, mon lieutenant. Ça ne l'empêchera pas de jouer. Oh ! bien sûr, la résonance ne sera pas la même, mais je vous assure que je suis capable de nettoyer l'intérieur et de l'accorder à nouveau ! S'il vous plaît, ne le brûlez pas !

— Mais qu'est-ce que vous voulez en faire ?

— Nous le donnerons aux artistes qui sont venus nous voir en tournée, il y a un pianiste parmi eux, je lui ai déjà parlé. Il le prendrait sûrement ! »

Un officier britannique n'a rien de commun avec un bureaucrate de Mussolini. Il accorde la grâce de l'instrument de plâtre. Et Carmi passe ses soirées à nettoyer l'intérieur. Il ne dispose que de moyens de fortune, et il n'est pas question de s'attaquer à la couche de plâtre, elle est trop solide, et l'arracher sans précaution ne servirait qu'à blesser le bois. Mais le petit accordeur s'aperçoit que cette parure bizarre n'est pas très gênante. Assis, tout seul, dans le désert, sur un tonneau d'essence, il joue. Et l'instrument répond, d'une jolie voix douce, à peine étouffée par le plâtre.

Le lendemain, Carmi offre le piano de plâtre à

la petite troupe venue les distraire en campagne. Il dit au pianiste :

« Il n'a sûrement pas grande valeur, mais la musicalité est bonne. J'ai nettoyé un peu le plâtre, vous pourrez le peindre si vous voulez, en tout cas, ce sera pour vous un instrument étonnant ! »

Et il regarde s'envoler l'avion qui emporte le tout, artistes et piano de plâtre, vers l'Angleterre. Un jour, quand la guerre sera finie, il les reverra, c'est une promesse qu'il leur a faite, en tant que parrain du piano insolite.

La guerre s'étire encore, puis s'achève et, en 1945, Carmi le petit accordeur de piano retrouve ses amis en Angleterre. Le piano de plâtre les suit partout dans leurs tournées à travers le monde. Il les revoit à Palerme, puis à Naples, enfin à Tel-Aviv, où il s'est installé.

L'étrange piano semble suivre un itinéraire qui le rapproche toujours de Carmi, son sauveur du désert de Libye. Aurait-il une âme, dans sa coquille de plâtre ?

A Tel-Aviv, la petite troupe de musiciens a donné trois concerts, en 1949. Puis elle est repartie.

Carmi, l'accordeur de piano, vient d'apprendre leur départ de la bouche du gérant d'un grand café qui les a accueillis. Il est déçu de n'avoir pu les saluer, et le gérant lui annonce une nouvelle qui lui fait de la peine :

« Ils ont abandonné leur piano, le bateau qui les ramenait en Angleterre ne pouvait pas le prendre.

— Où est-il ?

52

« — Ah! ça, je n'en sais rien, ils l'ont vendu à un Français, je crois, un agriculteur.

— Pour quoi faire?

— Du bois, mon vieux! Le bois est rare, ici, et ce type avait besoin de bois pour faire des ruches! »

Un piano transformé en ruche! Abritant des abeilles, et rempli de miel! Décidément, cet instrument a une curieuse destinée. Curieuse en effet. Car le petit accordeur de piano, poussé par on ne sait quel instinct, se met à la recherche de l'agriculteur en question. Il le retrouve. C'est un émigré récent, doté d'une nombreuse famille, qui a quitté l'Algérie pour s'installer dans le nouvel État d'Israël.

« Le piano? Oh! là! là. J'ai renoncé. Impossible de décoller ce fichu plâtre. Je l'ai vendu à un copain, il élève des poules à la sortie de Tel-Aviv, il va en faire une couveuse!

— Il y a longtemps?

— Un mois, environ. Il l'a emporté sur une charrette. »

Carmi obtient le nom de l'éleveur de poules, un émigré lui aussi, venu de Roumanie se réfugier dans sa nouvelle patrie bien avant la guerre.

« Le piano? Ah! oui... Oui, c'est vrai, je voulais en faire une couveuse. Mais ça ne va pas. Je l'ai cédé à un boucher.

— Il joue du piano? »

Le Roumain éclate de rire :

« Du piano? Oh non. Vous savez, c'est le bois qui nous intéresse, lui, il a trouvé la combine. Il va en faire une glacière... »

Carmi court chez le boucher. Il s'est mis en tête de sauver le piano une nouvelle fois, mais le bou-

cher va le massacrer, le découper en planches !
Non. Le boucher, lui non plus, n'a pas réussi à
décaper le bois.

« Cette saleté de plâtre est dure comme la
pierre. On se demande bien pourquoi un imbécile
a fait ça ! C'est du travail solide, je peux vous le
dire.

— Où est-il ?

— A la décharge, au coin de la rue. Je l'ai
traîné là, hier, quelqu'un s'en débrouillera bien ! »

Ce quelqu'un ce sera Carmi ! Il court à la
décharge, le cœur battant.

Hélas ! pauvre piano de plâtre. Il n'est plus rien.
Tout l'intérieur a été arraché. Il ne reste plus que
la caisse de plâtre, même les pédales ont disparu,
et le clavier gît misérablement à côté, démantelé.
Les gosses ou les pillards ont arraché les plaques
d'ivoire de ses touches. Il est mort.

Cette fois, Carmi abandonne. Que faire de cette
triste épave ? En admettant qu'il arrive à le décor-
tiquer de son plâtre, il n'a pas assez de valeur,
pour être reconstruit.

Dans son atelier de Tel-Aviv, Carmi pense
encore à la misérable fin de son piano du désert,
lorsqu'il reçoit une visite. Un vieil homme, traînant une charrette. Et sur cette charrette, l'épave
du piano. Carmi est étonné, car l'homme est plâtrier. Il a récupéré ce lot à la décharge avec d'autres débris.

« Voilà, ma fille aime la musique, si vous pou-
viez le réparer, elle apprendrait le piano. On n'en
trouve pas par ici. Et s'il fallait le faire venir, cela
coûterait une fortune.

« — Vous voulez que je fasse quoi ?

— Vous lui remettez le clavier, et puis tout ce qu'il faut dedans, voilà des arrhes, c'est tout ce que j'ai pour l'instant, je vous paierai le reste plus tard. D'accord ?

— D'accord. »

Le lendemain, Carmi contemple le piano du désert, au milieu de son atelier. Quel étrange voyage l'a ramené jusqu'à lui ?... Il le revoit rempli de sable. D'où venait-il ? Un officier allemand mélomane sans doute ! Un de ces fous à monocle, qui écoutait de la musique entre deux attaques, et buvait du champagne après un massacre...

C'est alors que surgit le plâtrier :

« J'ai changé d'avis ! Ma femme a raison, c'est de l'argent jeté par la fenêtre. Rendez-moi mes arrhes... »

Carmi, déçu, essaie de le convaincre. Il s'était fait à l'idée de rafistoler ce pauvre engin. La discussion devient âpre... Le plâtrier veut son argent et frappe avec véhémence sur la coque de plâtre :

« J'en veux plus de ce truc-là, rendez-moi l'argent ! J'ai le droit de le reprendre. »

Le coup de poing de l'homme a fait craquer légèrement le plâtre, déjà attaqué par tous les acquéreurs précédents. Et Carmi, l'œil fixe tout à coup, voit apparaître le bois, un petit morceau de bois... et sur ce bois, sculpté, la tête et le torse d'un petit chérubin...

Ce n'est pas vrai... Ce n'est pas possible... Carmi se dépêche de rendre l'argent, dont il a pourtant bien besoin, il renvoie le visiteur et se précipite sur un vieux livre, que possédait son grand-père.

C'est lui ! C'est sûrement lui, si ce n'est pas une copie, le voilà le célèbre piano royal. Celui dont le grand-père disait : « C'est un piano de cristal, tu dois le voir mon fils, il t'apprendra beaucoup ! »

Carmi se met fiévreusement au travail. Il lui faudra trois mois pour l'accomplir. Les applications de benzine, alcool, vinaigre, jus de citron, demeurent vaines. Il lui faudra 110 litres d'acétone, pour dégager la caisse finement sculptée, et des heures de patience, des milliers d'heures.

Mais le voilà. C'est lui. Il porte sur le devant une frise représentant un cortège de cupidons portant leur reine. C'est le travail de Ferri, un sculpteur sur bois italien, qui acheva cette œuvre, vers 1800 à Turin. Bien longtemps après, le piano fut offert au futur roi Humbert Ier, par le conseil municipal de Sienne, en cadeau de mariage. C'est lui que Carmi voulait voir, en suppliant le bureaucrate mussolinien inflexible, et confisqueur d'art. C'est lui qu'il a retrouvé dans le désert de Libye couvert de sa coque de plâtre. Il avait vécu auprès de ce qu'il cherchait depuis toujours sans le savoir !

Incroyable. Comment avait-il atterri à El Alamein ? Simple à imaginer. Un pillard allemand s'en était emparé en Italie, et pour mieux le dissimuler à la convoitise des autres, avait imaginé ce moyen pour le rendre méconnaissable. Il avait dû ensuite servir aux artistes allemands en tournée aux armées. Carmi avait déjà sauvé la précieuse caisse en bois de cyprès, il lui restait à reconstituer le mécanisme, ce qu'il fit en s'aidant des archives de l'époque.

Ce dernier travail lui prit trois années. Enfin, en 1953, il arriva aux Etats-Unis pour exposer son piano du désert. Le premier enregistrement fut mis en vente à cette occasion. Il s'agit d'un disque qui comporte six petites sonates de Scarlatti. La pureté du son est un enchantement, du cristal disait le vieux grand-père russe, qui avait joué sur des centaines de pianos tout au long de sa vie, et n'était amoureux que de celui-ci.

Avant de mourir, en 1917, il avait dit à son petit-fils :

« On l'appelle la harpe de David. Il est fait d'un bois qui a servi à construire le temple de Salomon à Jérusalem... »

C'était la légende, bien sûr...

Mais l'Histoire Vraie, elle, ne ressemble-t-elle pas aussi à une légende ? La légende du petit accordeur, et du piano du désert...

ROI DE TRÈFLE

Vingt-trois heures, une chaude nuit de juin, sur une autoroute en Allemagne, une grosse Ford Opel noire roule au maximum de la vitesse autorisée. Le maître coiffeur Helmut Hessenthal et sa femme Yseult ne se doutent pas une seconde de ce qui les attend un kilomètre plus loin.

Ils ont fait cent fois ce trajet à travers la campagne plutôt verdoyante qui les conduit de la demeure des beaux-parents d'Yseult à leur domicile dans une petite ville sans histoire.

Encore cinq cents mètres, avant le drame.

« Quelle chaleur, grogne le maître coiffeur.

« Tu n'as qu'à ouvrir la fenêtre, mon chéri, tant pis pour ma coiffure. »

Ce sont les derniers mots qu'ils échangeront.

A ce moment, le maître coiffeur entreprend de doubler une voiture qui, pour une raison inconnue, ralentit brusquement. A la seconde même où il va la dépasser, une silhouette se dresse devant lui : c'est un cheval.

Effrayé, Helmut Hessenthal donne un coup de volant pour se rabattre sur la droite devant le véhicule qu'il vient de doubler. C'est alors une vision de cauchemar; juste en face un autre cheval, sans doute aveuglé par les phares, galope vers la voiture.

Au dernier instant, l'animal dans un bond prodigieux essaie de sauter l'obstacle, mais le mouvement de la voiture est trop rapide : le capot le frappe au jarret et l'animal retombe sur le pare-brise.

Neuf heures du matin. Juin 1979 en Autriche de l'autre côté de la frontière. Fraülein Thurnau, très jolie fille blonde de vingt-six ans, s'apprête à quitter le domicile de ses parents pour se rendre à l'étude où elle est avocate stagiaire. Le téléphone sonne.

« Allô Theodora ? C'est Max Eltmann. »

Theodora fronce les sourcils. Elle n'aime pas beaucoup que Max Eltmann, propriétaire de l'écurie à qui elle a confié *Roi de Trèfle* l'appelle de si bon matin. C'est généralement qu'il a quelque chose de désagréable à lui dire au sujet de son cheval.

« Qu'est-ce qu'il y a, Max ?

— J'ai une mauvaise nouvelle, pour vous... »

Theodora pâlit. Elle tient à son cheval comme à la prunelle de ses yeux. D'abord, parce que c'est « son » cheval, ensuite parce que c'est un très bon cheval, avec lequel elle s'entend merveilleusement bien. Si bien qu'ils ont déjà gagné plusieurs jumpings. Depuis leur dernière victoire, elle s'est inscrite aux championnats d'Allemagne.

« Une très mauvaise nouvelle Theodora... »

La voix de Max est sourde, presque lugubre.

« Quoi ?... Vous n'allez pas me dire qu'il est mort ?

— Si.

— Mais comment se fait-il ? Qu'est-ce qui s'est passé ?

— Il s'est échappé, cette nuit. Il a été tué sur l'autoroute... »

Theodora ne trouve rien à répondre. Les larmes lui montent aux yeux.

9 h 30. Grand, lunettes noires, élégant costume d'alpaga, genre James Bond fumeur de pipe, l'officier de police Hans Waldeck interroge le propriétaire d'écurie Max Eltmann au milieu d'une vaste cour sur laquelle s'ouvrent une trentaine de boxes. Autour d'eux, les lads promènent les chevaux qu'ils tiennent par la bride.

« Vous avez des nouvelles de la femme ? demande Max Eltmann.

— Elle est morte à l'hôpital, vers deux heures du matin.

— Et lui ?

— Lui, il s'en sortira. Mais dans quel état ! La colonne vertébrale est atteinte.

— C'est affreux, murmure Max Eltmann en portant les deux mains à son front.

— Oui, affreux. Et ce n'est pas tout. La voiture qui les suivait n'a pas réussi à freiner. Elle les a emboutis à son tour avant de faucher votre deuxième cheval. C'était un couple d'Américains. Ils sont grièvement blessés tous les deux. »

Max Eltmann se frappe le front avec violence :

« Je ne comprends pas ! Je ne comprends pas !

— Où se trouvaient les deux chevaux ? »

Max Eltmann, taille moyenne, visage rond, yeux vifs un peu enfoncés, petit nez agressif, tend le bras d'un geste pitoyable :

« Là-bas, vous voyez ? Ce box qui est resté ouvert...

— Et l'autre ? »

Max Eltmann fait quelques pas lents vers l'un des boxes, vide bien entendu. Du *Roi de Trèfle* il ne reste qu'un peu de paille.

« Comment se fait-il qu'ils soient partis justement vers l'autoroute ?

— Je ne sais pas. Après tout, l'autoroute n'est qu'à cinq cents mètres. Peut-être ont-ils été attirés par les phares.

— Quelle malchance, remarque le policier. C'est une perte grave pour vous ?

— Oui et non. L'autre ne valait pas cher, *Roi de Trèfle* valait dans les 70 000 marks[1], que l'assurance remboursera, mais la propriétaire est très affligée par la mort de son cheval et je vais perdre sa clientèle.

— *Roi de Trèfle* était en bonne santé ?

— Excellente. Voyez le vétérinaire, il vous confirmera qu'il n'avait jamais été en meilleure forme.

— Il y a bien quelqu'un qui veille sur l'écurie pendant la nuit ?

— Oui, au fond de la cour... le palefrenier. Mais vous savez il n'arrive jamais rien la nuit.

— Il n'a pas entendu le bruit de sabots sur les pavés ?

— Non. Il regardait la télévision.

1. 150 000 francs.

— Tout de même, avant de rentrer chez lui, je suppose qu'il jette un coup d'œil sur les boxes ?

— Evidemment. Mais hier soir il n'a rien remarqué d'anormal. »

Le même jour, onze heures du matin. Le James Bond fumeur de pipe en costume d'alpaga est assis dans le bureau du procureur.

« Pas claire cette histoire... remarque le procureur. A mon avis, elle ne s'explique que par une malveillance. Je ne vois pas comment deux boxes, situés chacun d'un côté de la cour, seraient restés ouverts sans qu'on s'en aperçoive. Je ne comprends pas pourquoi les deux chevaux seraient sortis en même temps. Et s'ils ne sont pas sortis en même temps, qu'est-ce qui explique qu'ils se soient rejoints pour traverser ensemble l'autoroute ?

— C'est aussi ce que je pense, mon cher procureur. C'est pourquoi j'ai l'intention, si vous êtes d'accord, d'enquêter sur ce Max Eltmann.

— Si vous voulez. Mais à mon avis ce n'est pas là que se situe la responsabilité criminelle s'il y en a une. Je penserais plutôt à la vengeance d'un lad ou quelque chose comme cela.

— Pourquoi ?

— Quel intérêt ce Max Eltmann pourrait-il avoir à faire tuer un cheval de prix ? Evidemment, l'assurance va payer, mais pas à lui. A la propriétaire. A moins bien sûr d'envisager une combine entre lui et elle. »

Le policier hoche la tête :

« C'est tout à fait exclu. La propriétaire Fraülein Theodora Thurnau est la fille de la biscuiterie

Thurnau. Des milliardaires. Ils n'ont vraiment pas besoin de ce genre d'escroquerie. Et puis *Roi de Trèfle* était paraît-il en très bonne forme. L'assurance ne paiera pas plus cher qu'il ne valait. D'ailleurs, Max Eltmann affirme que Fraülein Theodora a reçu des propositions d'achat avantageuses aisément vérifiables. »

Le procureur se lève :

« Vous voyez, je ne vous le fais pas dire. Il n'y a qu'une explication : la malveillance d'un membre du personnel. Croyez-moi, c'est là qu'il faut creuser...

— Je vais creuser, mon cher procureur... je vais creuser. »

Mais lorsqu'il sort, le James Bond fumeur de pipe n'est manifestement pas convaincu.

Pourtant, le même jour à dix-huit heures.

« Allô ? Ici Hans Waldeck. Mon cher procureur, j'ai du nouveau :

— Je vous écoute...

— D'abord une information de l'hôpital : le conducteur de l'Opel sera probablement paralysé à vie des membres inférieurs. Ensuite, je n'ai pas pu m'empêcher d'enquêter discrètement sur le passé de Max Eltmann le propriétaire de l'écurie. Il ferait un excellent suspect. C'est un Rhénan d'origine paysanne, mais comme il présentait fort bien, en 1968 il a épousé la fille d'un industriel. Pris d'une grande passion pour les chevaux, il s'est fait avancer par son beau-père un quart de million de marks pour installer une écurie. Mais son goût de l'indépendance et sa renommée équestre ne lui ont pas suffi. Il ne s'est pas contenté d'aimer les chevaux mais aussi les femmes. Et la sienne a demandé le divorce. L'ex-beau-père a donc réclamé les fonds qu'il lui avait avancés. Max Eltmann, dont l'écurie est sous hypothèque et qui doit beaucoup d'argent essaie de trouver d'autres revenus. Jusqu'à présent sans résultat. L'année dernière, un de ses chevaux est mort des suites d'un empoisonnement. L'assurance a payé mais après avoir longtemps renâclé. Par contre, comment l'assurance pourrait-elle hésiter devant un accident comme celui qui vient de se produire ? Voilà. Cela ne nous fait pas un coupable bien sûr, mais tout de même un suspect.

— Je conviens volontiers que le personnage n'est pas très sympathique, conclut le procureur. Mais je ne comprends toujours pas où serait son intérêt de faire mourir un cheval dont personne ne discute la valeur — uniquement pour que sa propriétaire touche l'assurance — alors qu'elle pourrait tout aussi bien le vendre...

— Je sais... Je sais... Mais plus ça va, plus ce personnage m'intrigue. Je voudrais que vous m'autorisiez à perquisitionner chez lui.

— Perquisitionner ? Hum... Cela ne m'emballe pas, mais enfin faites ! Vous avez ma bénédiction. »

Le même jour, dix-neuf heures. Le James Bond fumeur de pipe se présente chez Max Eltmann qui vient de participer à une manifestation hippique. Celui-ci a fière allure dans son costume de gentleman-rider. La bombe jette une ombre sur ses yeux foncés. Est-ce un brillant qui orne l'épingle piquée dans son tour de cou de soie blanche ?

« Perquisitionner ? s'exclame-t-il. Mais à quel titre ?

— Monsieur Eltmann : cette nuit une femme est morte à la suite de ce stupide accident. Cet après-midi, nous avons appris que son mari allait être paralysé à vie. Et maintenant l'homme du couple d'Américains qui les suivait vient d'entrer dans le coma. Je conviens que cette visite est fort désagréable mais vous devez comprendre que nous ne pouvons rien négliger.

— Je comprends que vous vouliez à tout prix trouver le responsable, mais je m'étonne que vous le cherchiez dans mes appartements privés. »

Déjà le policier ne l'écoute plus. Avec une certaine impolitesse, il fait entrer deux sbires.

« Où se trouve votre comptabilité ?

— Dans mon bureau.

— Vous pouvez m'y conduire ?

— Vous avez un mandat ?

— Evidemment, vous voulez le voir ?

— Est-ce que je peux prévenir mon avocat ?

— D'accord. Mais gagnons du temps, s'il vous plaît ! Conduisez-moi dans votre bureau. »

Vingt et une heures. Depuis une heure, les deux experts du James Bond fumeur de pipe ont tombé la veste car il fait très chaud. D'une main distraite, l'un d'eux saisit parfois un sandwich pour y mordre à pleines dents avant de le reposer entre les dossiers épars.

« Alors ? » demande le policier.

« Rien... Achats, ventes de chevaux, tout cela apparemment légal. »

Vingt-deux heures. Un bonhomme au crâne rasé, obèse et luxueux, vient d'entrer dans le bureau : c'est l'avocat de Max Eltmann.

« Mon client est un homme parfaitement honnête, dit-il. Vous ne trouverez rien dans ses dossiers! »

Le James Bond fumeur de pipe montre alors une revue du *Stern* un hebdomadaire allemand.

« Dans ses papiers peut-être, mais dans sa bibliothèque, j'ai trouvé cela. »

Et il montre un long article du *Stern* racontant comment, voici quelques mois, des chevaux s'étant échappés d'un haras, un camionneur a été tué sur l'autoroute.

« Et alors? grogne l'avocat. Je ne vois pas le rapport? Cela s'est passé à cinq cents kilomètres d'ici!

— Exact. Mais l'article a été lu et relu au moins vingt fois... Regardez : les pages sont tout écornées...

— Quoi d'étonnant, tout ce qui touche aux chevaux intéresse mon client. »

Le même jour. Vingt-trois heures.

« Allô! Hans Waldeck à l'appareil. Mon cher procureur, l'Américain est mort. Je voudrais aller interroger Fraülein Theodora Thurnau en Autriche? Etes-vous d'accord?

— Si vous voulez mais pourquoi?

— Oh! une idée comme ça mais qui vaut d'être vérifiée, et que je préfère ne pas vous expliquer par téléphone. »

Un matin, donc en Autriche, de l'autre côté de la frontière, le policier chargé de l'enquête se présente au domicile de Fraülein Theodora Thurnau, une ravissante blonde aux yeux bleus de vingt-six ans, qui le reçoit dans un salon luxueux.

« Vous connaissez les circonstances de la mort de votre cheval ?

— Oui. »

Fraülein Thurnau en a les larmes aux yeux.

« Mon pauvre *Roi de Trèfle*, je l'avais depuis quatre ans, j'y tenais beaucoup...

— Vous savez que l'accident a entraîné la mort d'hommes ?

— Oui. J'ai lu les journaux.

— Je suis venu vous voir car le procureur et moi avons du mal à croire qu'il s'agit d'un accident fortuit. »

La jeune femme semble tomber des nues :

« Vous voulez dire que l'accident aurait été volontaire ? Mais comment ? Et pourquoi ?

— Ecoutez, je vais jouer franc-jeu avec vous. Jusqu'à présent, je n'ai retenu que trois possibilités : la première, la malveillance d'un membre du personnel de l'écurie.

— C'est possible, dit la jeune femme. Mais cette malveillance ne se serait pas exercée contre moi car j'ai les meilleurs rapports avec ces gens.

— C'est ce que l'on m'a dit. Mais il n'en est pas de même entre Max Eltmann et son personnel. La deuxième possibilité c'est que Max Eltmann ait organisé cet accident à son profit.

— Comment cela ?

— Pour toucher l'assurance.

— Mais l'assurance, c'est moi qui la toucherai !

— Je sais. Et je sais aussi que vous avez reçu des propositions d'achat supérieures à la valeur déclarée du cheval.

— C'est vrai.

— Alors, il reste une troisième solution, dont j'ose à peine parler. Je ne voudrais pas qu'elle vous vexe. Elle est peut-être complètement absurde. Mais vous comprenez, étant donné la gravité de l'accident, nous ne pouvons rien négliger...

— Je vous écoute...

— Eh bien, voilà... Je me suis laissé dire que tout le monde comptait sur votre présence aux championnats d'Allemagne où vous êtes déjà inscrite.

— C'est exact.

— Mais il paraît que vous hésitez, que vous craignez de ne pas être à la hauteur.

— Ce genre d'inquiétude est légitime, non?... Mais il est faux de dire que j'hésitais. Sans l'accident de *Roi de Trèfle* j'aurais participé. Evidemment, maintenant, c'est différent.

— Bien entendu. Donc, vous pouvez désormais renoncer sans perdre la face? »

La jeune femme regarde longuement le policier. Puis elle se lève, furieuse, pâle, les lèvres pincées :

« C'est honteux, monsieur! Quel esprit biscornu! Imaginer que j'aurais fait tuer *Roi de Trèfle* pour justifier mon refus de participer. C'est lamentable! C'est dégoûtant! »

Evidemment, la colère de Fraülein Theodora n'est pas une preuve, mais elle paraît si spontanée que le policier en est impressionné.

« Excusez-moi si je me trompe. Je vous avais prévenue que c'était une idée peut-être stupide. Parlons encore, voulez-vous ?

— Non, monsieur. Vous êtes un policier allemand et ici vous êtes en Autriche. Nous en resterons là. »

Et Theodora dont les yeux bleus sont devenus

incroyablement durs pousse carrément le policier vers la porte.

La démarche de celui-ci ne pouvant être qu'officieuse il s'incline. Tout de même, avant de partir, il se retourne :

« J'ai une photo de *Roi de Trèfle* tel qu'il a été trouvé sur l'autoroute. Vous voulez la voir ? »

La jeune femme hésite et finalement tend la main.

« Donnez...

A peine y a-t-elle jeté les yeux qu'elle la rend au policier :

« Ce n'est pas mon cheval.

— Ah !... J'ai dû me tromper... J'ai la photo de l'autre... »

A nouveau, Theodora tend la main.

« Je n'ai jamais vu cette bête-là ! *Roi de Trèfle* avait une étoile sur le front, une tache blanche à la lèvre supérieure, le jarret blanc au postérieur droit. Je ne vois rien de tout cela. »

Et soudain son visage s'illumine :

« Mais, alors, *Roi de Trèfle* n'est pas mort ?

— Cela se pourrait bien... » murmure le policier abasourdi qui, bien entendu, entrevoit la vérité.

Cette vérité, elle sera confirmée par le maréchal-ferrant qui ne reconnaîtra pas les fers de *Roi de Trèfle*. Celui-ci avait été vendu par Max Eltmann sous un faux nom en falsifiant le certificat d'origine. Pour éviter ensuite d'avoir à présenter *Roi de Trèfle* à sa propriétaire, il avait un soir de juin sorti de son box un autre cheval sans valeur pour le pousser sur l'autoroute cinq cents mètres plus loin, sans se soucier des risques de vies humaines que pouvait entraîner son geste. Bien que sachant qu'il obtiendrait sans peine un certificat du vétérinaire, pour que l'accident paraisse plus fortuit encore, il avait imaginé au dernier moment de lui adjoindre un autre cheval. Le mieux est l'ennemi du bien et c'est justement ce détail qui entraîna la suspicion des policiers.

L'homme n'est décidément pas la plus noble conquête du cheval.

QUAND L'ASSASSIN
RENCONTRE SA VICTIME

La porte de la cellule de José Simao vient de s'ouvrir.

« Simao ! Un camarade pour toi ! »

Simao, un jeune condamné à perpétuité, avance vers le gardien un visage maigre aux yeux creux.

« Je veux rester seul !

— Ça, mon gars, dis-le au directeur ! Tu te crois à l'hôtel ici ? On a cinquante cellules, et cent quarante voleurs et assassins ! Si tu n'aimes pas la compagnie de tes semblables, tant pis pour toi, tu les as choisis. Et pas de bagarre hein ? J'ai encore de quoi vous calmer ! »

Dans la prison de Escada, une petite ville du Brésil, chacun sait que le gardien-chef ne plaisante pas avec les révoltés. Il y a au sous-sol, une demi-douzaine de cellules spéciales, creusées dans le rocher, sans autre ouverture qu'une porte de fer. Ceux qui y ont passé quelques mois pour indiscipline en parlent savamment. Rien à manger, ou presque, de l'eau une fois par jour dans une bassine, pour boire et se laver. Pas de lumière. Aucune visite, une humidité à percer les poumons. De quoi devenir fou.

José Simao recule. Il n'est là que depuis trois mois, mais il sait. Le nouveau venu a une sale tête de fouine, de petits yeux malins et un nez pointu. Il croit faire l'intéressant :

« T'inquiète pas, camarade, je serai sorti avant toi ! J'en ai que pour six ans, moi, et toi tu en verras d'autres ! »

La porte de la cellule se referme lourdement sur les deux hommes et le pas du gardien s'éloigne.

Escada, dans la province du Pernambuco, est située à quelques centaines de kilomètres de Recife, sur la côte Est du Brésil. Au-dehors, le paysage est fait de rochers, de sable, et de palmiers sur l'Atlantique.

La prison de Escada est un ancien fort portugais, lourd et imprenable, dont personne jamais ne s'est évadé. Et dont personne ne sort avant la fin de sa peine. On ne connaît pas de mesures de grâce, car il n'y a pas ici de bonne conduite, il arrive que les gardiens dispersent les prisonniers au fouet, comme un troupeau de vaches.

Celui qui est condamné à passer sa vie entre les murs d'Escada, comme José Simao, sait ce qu'est le désespoir. Pourtant, aucun suicide dans cet enfer, mais des bagarres sanglantes. Comme si la violence et l'agressivité y étaient plus concentrées qu'ailleurs.

L'Histoire Vraie de José Simao, petit voleur de vingt-cinq ans, vagabond aux pieds nus, semble devoir s'arrêter là. Il a tué un homme, il a avoué, et si l'on n'a pas retrouvé le cadavre, ce n'est qu'un détail. José Simao mourra, entre ces quatre murs. C'est pour cela qu'il voulait rester seul. C'est pour cela qu'il accueille son nouveau compagnon en lui tournant le dos.

Les prisonniers parlent sans arrêt, ils se racontent leurs vies, leurs mensonges, leurs vérités parfois. Mais José, lui, n'a plus rien à dire. Sa vérité, il la connaît. L'autre, celle des juges et des policiers, c'est un mensonge. Un mensonge qu'il a admis à coups de botte, et de bras tordu. Il n'ira plus vagabonder sur la plage ni détrousser les baigneurs. C'était sa liberté à lui, il la paie cher, bien trop cher. Pour quelques cruzeiros : une année de vie.

« Je m'appelle Adias Soarès ! Tu sais jouer aux dames ? J'ai déjà été en prison, une fois. J'ai joué aux dames pendant six mois. Regarde, c'est facile, tu dessines un carré par terre...

— Fous-moi la paix ! Je m'en fiche moi d'aller à la cave, alors, si tu ne la fermes pas, je te tape dessus, et on y va tous les deux ! »

Adias Soarès se réfugie sur sa paillasse, et laisse passer l'orage. Il n'est pas de taille à lutter. Il a peur du noir et de cette grande silhouette maigre, qui lui rappelle quelqu'un... vaguement, quelqu'un qui a failli le tuer, il y a deux ans. Mieux vaut se taire, provisoirement.

Il y a deux jours à peine que les deux prisonniers cohabitent. Jusque-là tout était calme, mais le 25 février 1951, à minuit, des hurlements réveillent le couloir de la prison.

Il y a une galopade, les lumières s'allument et le gardien-chef, revolver au poing, cogne à la porte de la cellule de José Simao :

73

« Qu'est-ce qui se passe bon sang! Vous allez vous taire? »

Les hurlements ne cessent pas pour autant. Au contraire, la voix aiguë du prisonnier Adias Soarès prend de l'ampleur :

« Chef! Il va me tuer! Chef! »

D'un geste, le gardien ordonne à ses deux adjoints d'ouvrir la porte, mitraillette au bras. Lui-même se tient en arrière, le revolver pointé. Mais à peine la porte est-elle entrebâillée que Adias jaillit littéralement dans ses jambes.

« Chef! Chef! Il veut m'étrangler! Je vous jure! Il est fou! Sortez-moi de là, chef! »

Le chef est une grande brute au front étroit, qui n'aime pas écouter les prisonniers, qui n'aime pas discuter avec eux, surtout dans ces cas-là.

« Emmenez-les tous les deux! A la cave! On verra ça demain. »

Adias Soarès ne se fait pas prier. Il préfère être bousculé à coups de botte et traîné dans les sous-sols, plutôt que de rester une minute de plus en compagnie de José Simao.

Quant à José, il serre les poings de rage, et tape contre le mur de la cellule.

« Je veux parler au directeur, tout de suite! Vous m'entendez? »

Il hurle à son tour, tandis que les autres prisonniers secouent les portes en cadence :

« Vous m'entendez? Je ne croupirai pas une minute de plus ici! Je ne suis pas un assassin moi! Je ne suis pas un assassin, mais je vais le devenir si on ne me sort pas de là! »

L'œil mauvais, le pistolet toujours braqué, le gardien-chef ordonne :

« Assommez-le! »

Les deux adjoints hésitent, mais le chef les pousse en avant :

« Assommez-le ! Vous voulez une révolution ? »

Un coup de crosse de mitraillette a raison de José Simao, et il disparaît à son tour dans les sous-sols, traîné sans ménagement par les pieds.

Les autres prisonniers ont profité de cet intermède, qu'ils ne comprennent ni ne voient, pour organiser un raffut épouvantable. Un coup de feu tiré en l'air par le gardien-chef les calme brutalement.

L'ordre et la discipline ont toujours régné dans cette prison de la province de Pernambuco, grâce au gardien-chef Hernando. Et le gardien-chef Hernando a intérêt à ce que rien n'accroche cette année. Il va prendre sa retraite. Une émeute, une évasion même ratée, mettrait sa prime en danger. Il n'est donc pas question qu'il écoute José Simao. Cet assassin maigre et agressif pourrira le temps qu'il faut dans les cellules souterraines. Le temps qu'il faut, c'est-à-dire au moins les huit mois qui précèdent la retraite du gardien-chef Hernando. La suite ne le regarde pas.

Huit mois ont passé. Huit mois de cachot pour José Simao. Pendant tout ce temps, il n'a aperçu du monde extérieur que la silhouette d'un gardien qui lui jetait dans les jambes un seau de nourriture infecte : des haricots dans de l'eau tiède, et un pot d'eau.

Le 18 octobre 1951, la porte du cachot s'ouvre en grand et le gardien interpelle le prisonnier :

« Dehors, Simao, le directeur veut te voir. »

José Simao n'est plus que l'ombre de lui-même.

Squelettique, sale, pouilleux, il a l'air d'un fou. A force de se tenir accroupi, dans le noir, il tient à peine sur ses jambes, et ses yeux papillonnent, aveuglés par la lumière électrique du couloir.

« Le dos au mur, Simao ! »

Il obéit comme un automate. Le gardien ouvre trois autres portes et fait sortir de la même manière, trois ombres identiques. Parmi elles, Adias Soarès. Lui aussi a été oublié là, par le gardien-chef Hernando. Il a perdu son air malin, et tousse à petits bruits.

Simao a un geste de la main vers lui... et chuchote :

« Aide-moi ! »

L'autre le regarde comme s'il voyait un fantôme, et recule effrayé, Simao répète :

« Aide-moi... »

Le gardien se retourne :

« Silence, avancez ! On passe à la douche, et on va voir le directeur ! Le premier qui bouge ! »

Comment pourraient-ils bouger ces malheureux ? Certains ne sont là que depuis deux ou trois mois, mais José Simao et Adias Soarès, eux, ont vécu huit mois dans le noir et l'humidité, sans pouvoir parler, sans exercice, et presque sans nourriture.

La douche les assomme à moitié. La chemise et le pantalon de toile propre, leur semblent d'une douceur ineffable. Le crâne rasé de près, les voilà maintenant alignés, debout, hagards, encadrés de deux hommes en armes, dans le bureau du directeur. Un nouveau gardien-chef est à ses côtés. C'est lui qui parle le premier.

« Voilà les hommes du cachot, monsieur. J'ai regardé leurs dossiers. Il n'y est porté aucune mention spéciale sur les mesures de sécurité prises à leur encontre. Mon prédécesseur a simplement noté : rébellion. »

Le directeur, un homme d'une cinquantaine d'années, approuve d'un air las :

« Hernando savait ce qu'il faisait. Ces hommes sont sûrement dangereux.

José Simao a suivi la conversation d'un regard halluciné. Il lève la main timidement.

« Monsieur... Je peux parler ? »

Le directeur l'y autorise, d'un air toujours las et un peu dégoûté.

« Parle...

— Je suis innocent, monsieur...

— Innocent hein ? Voilà qui est nouveau ! Et comment t'appelles-tu, l'innocent ?

— José Simao, monsieur...

— Et pourquoi es-tu là ? »

José Simao hésite, il a du mal à s'exprimer. L'émotion lui serre la gorge. Il désigne son compagnon Adias Soarès.

« A cause de lui, monsieur, c'est lui que j'ai tué. »

Le directeur daigne sourire :

« Cet homme est fou ! Gardien ! »

Mais José Simao avance d'un pas, avec le courage du désespoir. Tant pis, s'il doit retourner au cachot à fond de terre, c'est la seule occasion qui lui est donnée de parler enfin.

« Je ne suis pas fou, monsieur. Vous pouvez vérifier, j'ai été condamné comme un assassin, pour avoir tué cet homme-là ! Dis-le, Adias — Dis-le que tu n'es pas mort ! »

Adias Soarès recule encore une fois, puis rassuré en voyant que José ne peut rien contre lui, marmonne :

« C'est vrai, je ne suis pas mort... »

Cette fois, le directeur lève un regard un peu étonné sur les deux hommes.

« Qu'est-ce que c'est que cette histoire ? José Simao, tu as été condamné pour meurtre ! Il y avait quatre témoins. Quatre ! Ils ont vu le cadavre, ils t'ont poursuivi, arrêté, tu as avoué ! Alors, qu'est-ce que tu racontes ?

— La vérité, monsieur. Je le jure. Moi aussi, je croyais que j'étais un assassin. Et pourtant je n'avais jamais tué, monsieur, jamais de ma vie. Volé, oui, mais tué, jamais ! S'il vous plaît, laissez-moi expliquer... »

Le directeur fait signe aux gardiens de faire sortir les autres prisonniers et garde avec lui, José et Adias.

« Bon, je vous écoute, mais je vous préviens tous les deux, ne me faites pas perdre de temps... Alors, toi José Simao, tu dis avoir tué qui ?

— Je ne l'ai jamais su, monsieur. C'est ça qui était terrible, et puis il est arrivé, lui, Adias. Et il s'est mis à parler, à me raconter ce qu'il avait fait avant d'être mis en prison. C'est un voleur comme moi...

— Qu'est-ce qu'il t'a raconté ?

— Voilà. Le jour où vous m'avez arrêté, je me battais avec un homme. Il faisait nuit. C'était sur la route de Escada. Et cet homme, c'était lui... N'est-ce pas Adias ? Dis-le ! Tu ne risques rien... »

Adias n'a plus son regard de fouine. Le cachot l'a brisé. Il parle d'une voix peureuse.

« C'est vrai, monsieur. Ce jour-là, je marchais sur la route de Escada, quand j'ai rencontré un homme, un promeneur. Il avait l'air bien habillé. Je l'ai assommé pour lui prendre son portefeuille, et je l'ai laissé dans le fossé. Comme il faisait nuit, je me croyais tranquille. Mais au bout de cinq cents mètres à peine, quelqu'un m'est tombé dessus ! »

José Simao poursuit à son tour :

« C'était moi, monsieur... Je l'avais vu assommer le promeneur, et je le suivais.

— Pourquoi le suivais-tu ?

— Pour le voler à son tour, monsieur. Je ne risquais rien. Le promeneur ne m'avait pas vu, et moi j'avais ramassé le morceau de tuyau de plomb qui avait servi à Adias... Je l'ai suivi un moment, le temps de nous éloigner du promeneur et je l'ai assommé à son tour, pour lui reprendre le portefeuille...

— Et alors ?

— Une voiture est arrivée à ce moment-là. Il y avait quatre hommes à l'intérieur. Ils m'ont vu, ils se sont précipités d'abord sur le corps d'Adias et puis ils m'ont poursuivi. Ils criaient tous qu'il était mort ! Quand ils m'ont rattrapé, ils m'ont battu, et traîné jusqu'au buisson où j'avais attaqué Adias. Ils me traitaient d'assassin. L'un d'eux est parti en voiture chercher la police. Mais quand nous sommes arrivés au fossé, il n'y avait plus personne. Le mort avait disparu. Il ne restait que la matraque et on voyait, dans l'herbe, des traces de sang. La police a dit que le corps avait roulé jusqu'à la rivière. L'herbe était couchée tout le long de la pente, entre le fossé et la rivière. Et on n'a jamais retrouvé le corps. Alors, j'ai été condamné comme un assassin. Le promeneur a même dit que c'était moi qui l'avais assommé, et comme j'avais son portefeuille, on m'a mis en prison, pour la vie, monsieur. Tous les témoins ont juré qu'il était mort... Que ma victime était morte! Et moi j'ai fini par le croire aussi. »

Le directeur fronce les sourcils, il ne comprend pas tout à fait.

« Et tu dis que ta victime c'est lui ?

— Oui! C'est lui, c'est Adias, il me l'a raconté dans la cellule, le lendemain de son arrivée!

— Et pourquoi n'as-tu rien dit à ce moment-là ?

— D'abord, j'ai cru que j'allais le tuer, monsieur! Vous comprenez? Il m'avait laissé condamner à vie! Alors on s'est battu et le gardien nous a mis au cachot.

— Il fallait demander à me parler!

— On peut pas, monsieur. Le gardien-chef nous laissait pourrir là-dedans. Au début, j'ai crié, et Adias aussi, je l'entendais, mais il nous battait, alors on a attendu. On devient fou, monsieur, à attendre comme ça. Fou! Même Adias voulait parler. »

Le directeur se tourne vers le petit homme :

« Tu es prêt à faire une déclaration ?

— Oui, monsieur. C'est vrai ce qu'il a dit. Ce jour-là, j'ai assommé un type et après, quelqu'un m'est tombé dessus. J'avais la tête en sang, je me suis évanoui, puis je me suis réveillé, j'ai entendu des cris, un bruit de voiture, j'ai pris peur, je croyais que c'était la police, alors j'ai roulé sur moi-même, doucement, je souffrais beaucoup, mais je suis arrivé jusqu'à la rivière, je me suis laissé couler dedans... Et j'ai suivi le courant. Je n'ai jamais su ce qui s'était passé vraiment, j'étais persuadé d'avoir échappé à la police. Quelque temps plus tard, j'ai été pris, alors que je sautais d'une maison par la fenêtre. C'est comme ça que je me suis retrouvé en prison, dans la cellule de José Simao. Il voulait pas parler, il me faisait peur. Alors, pour le faire rigoler, comme ça, je lui ai raconté mon aventure, et il m'a sauté dessus comme un fou, il voulait m'étrangler, monsieur. »

Le directeur de la prison est sidéré. Ainsi par une extraordinaire coïncidence, ces deux hommes se sont retrouvés dans la même cellule! Faux assassin et faux mort! disent-ils la vérité? C'est trop incroyable.

Adias, le mort, montre ses cicatrices à la tête, il décrit l'endroit, la rivière, il ne peut pas avoir inventé cela! D'autre part, les témoins avaient parlé « du mort » comme d'un homme petit, brun, au nez pointu. Cet homme portait au crâne une blessure à l'endroit précis de la cicatrice d'Adias.

Le procès fut rejugé bien sûr. Et, ultime preuve, les cheveux retrouvés sur la matraque tenue par José Simao, étaient bien ceux d'Adias...

Adias n'était pas mort, José n'était plus un assassin. Ils avaient payé cette découverte de huit mois de cachot, au risque d'en mourir tuberculeux. Mais la retraite du gardien-chef Hernando n'en fut pas troublée pour autant, et on ne lui retira pas sa prime, pour bons et loyaux services.

Il y a des injustices que la justice n'atteint pas toujours, et le gardien-chef Hernando, selon la direction de la prison, n'avait fait que son devoir, en assurant la sécurité à l'intérieur du milieu carcéral. C'est une formule qui vaut ce qu'elle vaut.

LE JARDINIER EXTRAORDINAIRE

C'EST un jardin extraordinaire, un jardin anglais de la banlieue de Londres, qui ressemble à un tableau anglais. Au milieu des roses, des pivoines, des pavots rouge sang, le long des allées bordées de myosotis, entre les tulipes couleur violine et les grandes marguerites jaunes, un chapeau de paille se promène.

C'est un vieux monsieur qui le porte, ses mains sont soigneusement gantées, et un sécateur dépasse de la large poche de son tablier bleu.

L'inspecteur Hawks de Scotland Yard, vient de pousser le portillon de bois, et une petite cloche a tinté.

« Monsieur Horace Lewitt ? »

Le chapeau de paille a tourné la tête, et un regard bleu examine le visiteur.

« Je suis M. Horace Lewitt, que désirez-vous ?

— Je viens vous parler de roses, monsieur Lewitt.

— Vous êtes journaliste ? »

Le vieux monsieur avance dans l'allée en retirant ses gants puis son chapeau. Son accueil est réservé, comme son visage, celui d'un petit retraité tranquille, qui n'aime guère voir le monde envahir son jardin.

« Je ne suis pas journaliste monsieur Lewitt, vous attendiez les représentants de la presse ?

— J'ai déjà reçu un de ces messieurs hier, c'est à propos de l'exposition au Crystal Palace, ma rose a gagné le concours alors je vous ai pris pour un journaliste. Mais vous ne l'êtes pas ?

— En effet monsieur Lewitt, je suis l'inspecteur Hawks de Scotland Yard. »

Le vieux monsieur s'arrête, et contemple le chèvrefeuille odorant, qui le sépare du policier.

« Alors vous ne venez pas me parler de roses ?

— Si, tout de même, monsieur Lewitt, de roses, d'épines, et de votre femme.

— Ma femme est morte, inspecteur, il y a quinze jours de cela, juste avant l'exposition.

— Je sais, monsieur Lewitt, il faut que nous parlions de tout cela.

— Je ne comprends pas, monsieur l'inspecteur, et votre visite m'embarrasse, j'avais l'intention justement de me rendre au cimetière de Muswell Hill, pour m'occuper de la tombe de Priscilla. Pourrions-nous remettre cette conversation ? D'ailleurs, je ne vois pas ce que la police vient faire ici.

— Ma mission est désagréable, monsieur Lewitt, mais j'irai droit au but. Votre belle-sœur, Flora Grey, est venue informer le Yard de ses soupçons à propos de la mort de votre femme. Elle a déclaré que, à son avis, vous l'aviez empoisonnée. Je suis donc venu vous informer de la décision du juge. Il réclame l'exhumation et l'autopsie. »

Le vieux monsieur paraît saisi d'effroi :

« Qu'est-ce que vous dites ? Mais Flora est complètement folle, tout le monde le sait ! Vous n'allez pas faire ça, n'est-ce pas ? Vous n'allez pas troubler le dernier sommeil de ma femme, c'est immonde ! Mon Dieu, et moi qui m'apprêtais à faire de sa tombe un petit jardin ! Vous voyez ? Je cherchais des boutures, elle aimait tant les roses, celles-ci surtout. »

D'un doigt tremblant, le vieux monsieur désigne un bouquet de roses saumon, particulièrement belles, sa main effleure avec délicatesse les pétales presque translucides.

« Ce sont des roses anciennes, vous savez, les plus vieilles du monde, je ne les greffe jamais, pour leur garder cette fragilité qui leur vient de l'églantier, ce cousin germain. Ce pied que vous voyez là date de feu ma grand-mère, c'est elle qui l'a planté. Je l'appelle *Queen Victoria*, et elle a remporté le premier prix de l'exposition.

— Monsieur Lewitt, vos roses sont splendides en effet, mais nous devons parler de votre femme ! Si cela ne vous gêne pas d'ailleurs, je puis très bien vous accompagner au cimetière. »

Horace Lewitt dénoue les cordons de son tablier, et range son nécessaire de jardinier, dans une petite resserre. Il secoue la tête avec incrédulité.

« Flora est folle, c'est une vieille folle vous savez, vous avez tort de l'écouter. »

Puis il ramasse un panier léger, en forme de corbeille, où s'étale un bouquet de roses coupées.

« Enfin, si vous y tenez, nous irons porter cela ensemble, le cimetière n'est pas loin. Mais, mon Dieu, que tout ceci est désagréable... »

Et c'est du pas tranquille de deux jardiniers

anglais à la retraite, que l'inspecteur Hawks de Scotland Yard, et Horace Lewitt, assassin présumé de son épouse Priscilla, se rendent au cimetière de Muswell Hill, dans la banlieue nord de Londres.

Flora Grey, la belle-sœur de Horace Lewitt, s'est en effet rendue la veille à Scotland Yard pour y dénoncer ce qu'elle appelle « le meurtre sournois de ce vieux fou d'Horace ». Si la vieille fille a paru redoutable à l'officier de police, ses arguments l'étaient aussi. Flora Grey, soixante-sept ans, le nez chafouin et le menton velu, paraissait sûre de son fait.

« C'est en fouillant dans les affaires de ma pauvre sœur que j'ai découvert la vérité. Elle était malade, depuis plusieurs années, elle ne quittait jamais la chambre, mais je savais qu'elle tenait soigneusement les comptes du ménage dans un petit carnet. Comme je ne fais pas confiance à Horace, j'ai voulu contrôler moi-même l'état des comptes, car j'hérite de ma sœur, c'est dans son testament ! Et dans le petit carnet, j'ai trouvé des notes, écrites de sa main, quelques jours avant sa mort ! Tenez, lisez ! »

Sur deux pages, d'une petite écriture précise et droite, Priscilla avait noté en effet :

« Horace m'empoisonne, je l'ai vu verser quelque chose dans ma tasse de bouillon. Cela me donne des brûlures d'estomac épouvantables. Ce vieux fou veut se débarrasser de moi, mais tout m'est égal. Si je meurs, et je vais mourir je le sais bien, il sera condamné et il ira en prison. Peut-être même sera-t-il pendu, et s'il est pendu, quand on l'enterrera à son tour, il ne poussera rien sur sa tombe, car il ne pousse rien sur la sépulture d'un pendu. »

Flora avait amené avec elle un autre exemplaire de l'écriture de sa sœur, et la police avait admis qu'il y avait suspicion de meurtre.

Sur le chemin du cimetière de Muswell Hill, l'inspecteur vient de raconter tout cela au jardinier retraité, et il ajoute :

« Comment expliquez-vous ceci, monsieur Lewitt ?

— C'est une histoire simple, inspecteur. En 1936, ma femme a été opérée une première fois de l'estomac. Quelques années plus tard, il a fallu recommencer l'opération, c'était plus grave, et le chirurgien a dû en retirer une partie. Depuis, elle souffrait régulièrement. Puis elle est tombée vraiment malade, il y a cinq ans, cette fois il s'agissait de bien autre chose, une maladie osseuse, elle souffrait terriblement et les médicaments ne la soulageaient guère. De plus, elle disait qu'elle les supportait mal, ils lui brûlaient l'estomac.

— Mais pourquoi vous accuse-t-elle ?

— Je ne sais pas. Elle avait beaucoup changé depuis cette nouvelle maladie, et elle se savait condamnée à plus ou moins brève échéance, peut-être a-t-elle voulu se venger.

— Se venger de quoi, monsieur Lewitt ?

— De moi, de ma bonne santé, de mes activités, de mes roses. La maladie l'avait aigrie. A vingt ans, Priscilla était une jeune femme merveilleuse, autoritaire certes, et qui dirigeait tout, à cinquante ans, elle était déjà amoindrie, à soixante, elle ne pouvait plus marcher, et à sa mort, elle en voulait je crois au monde entier.

— Donc, vous réfutez l'accusation de votre belle-sœur ?

— Bien sûr. Et je trouve cette situation particulièrement désagréable; voyez-vous, Flora n'a jamais eu toute sa tête, tant que ma femme était solide, elle s'occupait d'elle, mais un jour, j'ai dû lui demander de rester chez elle, je ne pouvais pas m'occuper de deux malades en même temps.

— Vous pensez donc que votre belle-sœur a voulu, elle aussi, se venger de vous ? C'est beaucoup pour un seul homme, monsieur Lewitt !

— Vous êtes marié, inspecteur ?

— Non.

— Donc, vous n'avez ni femme, ni belle-sœur, c'est une chance pour vous, mais pas pour moi, sinon vous auriez compris de quoi sont capables les femmes quand la tête leur manque.

— C'est vous qui vous occupiez des médicaments de votre femme ?

— En effet, et notamment le médecin avait prescrit une nouvelle thérapeutique, malheureusement si le produit agissait sur les douleurs, il était difficile à supporter pour son estomac. Mais je l'obligeais à le prendre, et j'imagine qu'elle a traduit cela par un empoisonnement.

— Quelque chose me tracasse, monsieur Lewitt. Votre femme a écrit : « Je l'ai vu verser quelque chose dans ma tasse de bouillon... » Vous lui cachiez le médicament ?

— Je m'efforçais de le lui faire avaler, c'est tout, et tous les moyens étaient bons pour cela, sinon elle refusait carrément. alors je mélangeais les pilules à sa nourriture, je les écrasais de manière à les réduire en poudre, mais malgré cela j'étais obligé très souvent d'employer la ruse, car elle se méfiait. Parfois, je mettais la poudre dans son bouillon, parfois dans son lait, et parfois dans la compote. Je changeais de ruse tous les jours.

— Vous en avez parlé au médecin ?

— Bien sûr. Lui-même m'avait conseillé cette méthode. C'est grâce à ce médicament qu'elle a pu mourir sans trop de souffrances; voyez-vous, les brûlures à l'estomac n'étaient rien, à côté des douleurs insupportables qu'elle aurait subi. »

Les deux hommes sont arrivés au cimetière, et l'inspecteur suit Horace Lewitt jusqu'à la tombe de sa femme. Le vieil homme installe ses roses dans un pot de grès, qu'il va remplir d'eau au robinet de l'allée centrale. Il dispose soigneusement les fleurs, comme il le ferait chez lui, pour son plaisir personnel, puis demande :

« Vous allez continuer l'enquête ? Vous allez vraiment faire cette autopsie ?

— C'est inévitable, monsieur Lewitt, à moins que votre belle-sœur soit effectivement folle, et que le juge estime que son accusation n'est pas recevable, mais cela m'étonnerait, voyez-vous. Cette dame a tenu des propos parfaitement cohérents, et n'a jamais été internée. De plus, il y a le petit carnet, et autre chose aussi...

— Quelle autre chose, inspecteur ?

— Les roses, monsieur Lewitt...

— Vous n'aimez pas les roses, inspecteur ?

— Moi, si, mais d'après nos informations, votre femme les détestait, et votre belle-sœur se demande pourquoi, depuis deux semaines, vous venez ici déposer, chaque jour, un nouveau bouquet. Cela lui semble bizarre, elle estime que vous persécutez sa sœur, par-delà la tombe. D'ailleurs, vous m'avez dit vous-même tout à l'heure que votre femme adorait ces fleurs... C'est inexact ?

— La vérité n'est pas toujours aussi simple, inspecteur, voyez-vous, lorsqu'on déteste la vie, on n'aime pas les roses, et Priscilla détestait la vie, mais je suis sûr qu'elle les aime à présent. Que dois-je faire, monsieur l'inspecteur ? Vous suivre ? Vous m'arrêtez, ou puis-je rentrer chez moi ?

— Vous pouvez rentrer chez vous, l'exhumation aura lieu demain à dix heures. Vous devez y assister, c'est la loi, ensuite tout dépendra des résultats de l'autopsie. »

Les deux hommes s'en retournent, toujours aussi tranquillement, le ton n'a jamais monté entre eux, comme s'il s'agissait d'une conversation ordinaire entre gens de bonne compagnie. Arrivés devant le portillon, d'où l'on aperçoit le jardin extraordinaire de M. Lewitt, ils se séparent courtoisement :

« A demain, monsieur Lewitt.
— A demain, monsieur l'inspecteur. »

Et l'un retourne à ses roses, l'autre à ses crimes. Le lendemain de cette conversation courtoise entre les deux hommes, a lieu l'exhumation du corps de Priscilla, décédée à soixante-quatre ans, le 6 juin 1957.

Le certificat de décès, délivré par le médecin traitant, indiquait une tumeur de la moelle épinière.

Flora, la sœur de la morte, maintient : empoisonnement.

L'époux, vêtu de noir, se tient un peu en retrait de la tombe, et il évite soigneusement de croiser le regard de sa belle-sœur. Un regard noir, un peu exorbité.

Lorsque le cercueil disparaît dans l'ambulance, et que l'ambulance disparaît à son tour en direction de l'Institut médico-légal de Londres, M. Lewitt prend le pot de grès où il avait déposé ses roses, la veille, et va le porter sur une tombe voisine.

Flora, sa belle-sœur, qui brûlait d'envie de l'agresser depuis le début, saute sur l'occasion :

« Tiens ! Tu ne les jettes pas aux ordures celles-là ? »

Puis se tournant vers l'inspecteur :

« Je vous l'avais dit ! Il en remet tous les jours ! Il jette celles de la veille, encore belles pourtant, pour en remettre d'autres ! C'est un malade ! »

Elle regarde à nouveau Horace Lewitt, et souffle avec rage :

« Assassin ! »

L'inspecteur tente de calmer la vieille fille, mais il n'est pas mécontent de cette confrontation, même si le lieu ne s'y prête guère.

« Modérez-vous, mademoiselle, rien ne dit que vous ayez raison d'accuser votre beau-frère.

— Raison ? Ah ! bien sûr, évidemment, j'aurais dû m'en douter ! Il vous a dit que j'étais folle n'est-ce pas ? Et lui ? Il n'est pas fou lui ? Voilà des années qu'il sacrifie tout à ces maudites fleurs ! Pas d'enfant, pas de chien, ça abîme le jardin ! Pas d'appartement en ville surtout ! Mais ma sœur voulait vivre en ville, monsieur l'inspecteur ! Et elle voulait des enfants, et un chien! Ce monstre l'a privée de tout, pour cultiver ses roses! Il passait des heures dans le jardin, au lieu de lui tenir compagnie, et il m'a éloignée d'elle, il a fait le vide pour être tranquille, pour pouvoir l'empoisonner tranquillement, il croyait pouvoir rester seul, et régner sur son maudit jardin! J'espère qu'on va l'enfermer pour longtemps! »

Horace Lewitt ne prend pas la peine de répondre à cette furie, et lui tourne le dos pour partir. L'inspecteur le rejoint rapidement :

« Monsieur Lewitt, pourquoi faites-vous ça ?

— Je fais quoi, monsieur l'inspecteur ?

— Ces roses tous les jours, c'est inutile... c'est trop, vous ne leur donnez même pas le temps de se faner, pourquoi, vous qui aimez tant les fleurs ?

— Justement parce que je les aime, inspecteur.

— Je ne comprends pas.

— Si nous nous écartions un peu de cette folle, je vous expliquerais beaucoup de choses...

— Eh bien, rentrons chez vous, je vous accompagne... »

Comme la veille, les deux hommes cheminent tranquillement à travers les allées du cimetière, puis le long des rues de banlieue, bordées de pavillons paisibles.

« Alors, monsieur Lewitt, que vouliez-vous m'expliquer ?

— La beauté, monsieur l'inspecteur, et la mort aussi. Mais je vais peut-être vous sembler prétentieux. Voyez-vous, hier, votre visite m'a surpris, je ne m'attendais pas à être soupçonné de cette façon, et si je n'ignorais pas l'existence du petit carnet de comptes de ma femme, j'ignorais par contre qu'elle y notait des réflexions personnelles. Alors, autant vous le dire tout de suite, l'autopsie va confirmer l'empoisonnement. J'ai utilisé des doses très importantes de son médicament, c'était simple, le médecin ne se méfiait pas, et il renouvelait les ordonnances. Je lui avais raconté, ce qui était la vérité d'ailleurs, que Priscilla recrachait les médicaments, ou les jetait derrière mon dos. Il m'avait conseillé de dissimuler les prises dans la nourriture, mais elle refusait très souvent aussi la nourriture, alors les médicaments étaient perdus, et il en fallait d'autres. Si le produit avait existé sous forme d'injections, rien ne se serait passé, et je n'aurais peut-être jamais songé à empoisonner ma femme.

— Pourquoi l'avez-vous fait, monsieur Lewitt ?

— Oh ! pour plusieurs raisons. Ma belle-sœur est folle, certes, vous vous en apercevrez, à la longue, mais elle a un peu raison, je suis d'abord un égoïste. C'est vrai que je n'ai pas voulu d'enfants, mais de toute façon, Priscilla était malade. C'est vrai aussi que j'ai tout consacré à mes roses, c'est ma passion, et lorsque Priscilla est devenue impotente, incurable, je me suis réfugié encore plus dans cette passion. Un chien lui aurait tenu compagnie mieux que moi, mais un chien dans un jardin, vous savez ce que c'est... Et puis, ces derniers mois, j'avais beau passer le plus de temps possible au jardin, je ne pouvais pas ignorer complètement ma femme. C'est laid, monsieur l'inspecteur, une femme qui meurt, surtout quand on l'a aimée. Car je l'ai aimée au début, elle était si belle, si vive, si brillante, et puis elle s'est fanée, la maladie l'a fanée, et la mort était autour d'elle, en elle, comme une pourriture. Je pourrais vous dire aussi qu'elle souffrait, et que j'ai voulu abréger ses souffrances, il y a de cela aussi, mais si je suis honnête avec moi-même, je dois avouer que c'est moi, qui ne supportais pas la lenteur de cette mort. Alors, je l'ai accélérée, de quelques mois, de quelques semaines, de quelques jours peut-être... C'est stupide, n'est-ce pas ? Le médecin disait toujours : « Il faut vous attendre au pire, d'un « jour à l'autre, mais personne ne peut dire la « distance qu'il y aura entre ce jour et l'autre. »

— Monsieur Lewitt, vous comprendrez que je dois vous mettre en état d'arrestation maintenant.

— Je comprends, inspecteur, d'ailleurs j'ai tout prévu, voyez-vous, mes affaires sont prêtes, et j'ai eu le temps de prévenir un ami, il s'occupera de mon jardin, rien n'est plus horrible que des fleurs à l'abandon, qui fanent sur leur tige...

— C'est ce que vous vouliez m'expliquer tout à l'heure, à propos de la beauté ?

— C'est ça, en effet, je dois vous paraître un peu bizarre, fou peut-être, mais la beauté est pour moi quelque chose d'unique et de fragile, que la mort guette à peine éclose. C'est pour cela que je ne laisse jamais à mes fleurs le temps de se faner. »

Le portillon s'est ouvert, M. Lewitt a traversé une dernière fois son jardin, sans le regarder cette fois, il a pris une petite valise, et serré la main d'un autre vieux monsieur qui l'attendait chez lui. C'était un ami, le nouveau jardinier de ses roses.

« Surtout, Albert, ne laissez pas ma belle-sœur mettre les pieds ici, elle serait capable de tout raser. Je compte sur vous, cette vieille fille est folle. Je ferai le nécessaire pour que vous héritiez de la maison, elle est à moi, et cette énergumène n'a aucun droit sur elle, vous la laisserez emporter le mobilier et le reste, c'était à ma femme, mais prenez garde aux déménageurs, les allées sont étroites, et ces gens-là piétinent souvent sans précaution. Au revoir, Albert, vous irez voir mon notaire dès que possible, pour mettre tout cela en ordre, je compte sur vous. Oh! Albert, ne m'écrivez pas en prison, je préfère imaginer mon jardin comme il est aujourd'hui. C'est la plus belle saison pour les roses. »

Puis Horace Lewitt a suivi l'inspecteur Hawks à Scotland Yard, et comme il faisait beau, ils ont pris l'autobus.

FAUT-IL TUER MITOUNET ?

DANS une île de la Méditerranée, que nous ne cite-rons pas... car trop d'événements politiques s'y sont déroulés depuis (mais il n'est guère difficile de deviner laquelle), s'est déroulée une histoire un peu particulière. Il s'agit d'un exemple magis-tral et comique de défoulement collectif.

Dans cette île vivent à cette époque quelque cent mille habitants qui depuis longtemps n'ont que le droit de se taire. Un gouverneur aurait vite fait de briser ceux qui ne seraient pas d'accord avec le gouvernement de la métropole.

Les habitants semblent accepter cette situation comme allant de soi, mais si leur conscient l'ad-met, leur inconscient se révolte. Et comme tous les prétextes leur sont interdits (ils n'ont le droit d'être ni à droite, ni à gauche; ni pour l'un, ni pour l'autre; ils n'ont pas le droit de faire grève. Ils n'ont pas le droit aux films érotiques. Ils n'ont pas le droit d'acheter les journaux qui ne sont pas d'accord avec le gouvernement, d'ailleurs il n'y en a pas. Ils n'ont pas le droit de se plaindre que le lait est trop cher et qu'il y a mévente dans le légume)... puisque tout prétexte à révolte leur est donc refusé, il leur faut bien en trouver un que le gouvernement n'a pas prévu, et qui prenne le gouverneur au dépourvu. De l'avis général, il est très difficile de prendre un gouverneur au dépourvu en matière d'ordre public, mais les habitants de cette petite île ont finalement réussi à le faire.

C'est une superbe nuit de juillet. La ville s'étend sur son île. L'île s'étend au fil de la Méditerranée. Il est trois heures du matin et les bruits se sont tus. Un grand silence s'insalle, surtout dans la vieille ville, où le silence est presque épais, si épais que partout où se pose le regard, on voit ce silence. Amassé avec l'ombre au coin des portes, le long des ruelles, accroché aux murs secs, il s'allonge sur la crête des toits, défile au beau milieu des places. Mais bizarre, comme c'est bizarre, il n'est pas tout à fait silencieux ce silence.

D'où vient ce dialogue étouffé? On dirait qu'un enfant pleure à quelques pas d'un chat qui miaule. Et ces deux êtres, innocents et fragiles, qui se répondent dans la nuit, vont déclencher une très incroyable et très cocasse révolution.

Où sont-ils tous les deux? Quelque part dans la vieille ville aux maisons presque orientales et secrètes, qui referment leurs portes cloutées, leurs grilles de fer forgé sur des patios humides, où quelquefois un arbre se déploie avec peine, entre les escaliers de pierre et les vérandas de bois.

L'enfant, il est là : dans l'encadrement d'une fenêtre béante, au milieu d'une façade dont la lune révèle les lèpres et les fissures. C'est le petit

Enrique. Tout petit et tout rond. Un très rond, très gentil, tout petit Enrique de cinq ans, aux cheveux noirs comme du cirage. Comme il fait chaud, pour qu'il dorme mieux, sa mère l'a laissé plus déshabillé qu'une grenouille. Mais si elle voyait Enrique, à cette fenêtre, dans le courant d'air, les pieds sur le carrelage, avant même de savoir pourquoi il pleure, elle donnerait une bonne claque sur ses fesses rebondies.

Et le chat ? Où est donc le chat ? Enrique ne sait pas. Il entend son miaulement lugubre venir de la nuit, du ciel, ou des nuages. Non, il ne sait pas. Mais il est bien sûr que c'est Mitounet, son Mitounet, son chat à lui. De même qu'il est sûr qu'il souffre, absolument certain qu'il souffre son Mitounet.

Alors, Enrique, en larmes, appelle doucement :
« Mitounet... Mitounet... »
Mais le chat ne sait que miauler davantage.

Car ce diable de Mitounet, depuis trois jours, n'a pas réapparu. C'est donc qu'il lui est arrivé quelque chose. Aussi, quelle joie, et bientôt quelle angoisse pour Enrique d'entendre son Mitounet, subitement réapparu au milieu de la nuit, miauler tristement, comme s'il était devenu un petit fantôme flottant quelque part dans le ciel.

« Mitounet... Mitounet... Viens Mitounet... »
Soudain, du fin fond des murs un grognement s'élève. Ce doit être le voisin, un docker qui habite le grenier et que ce manège empêche de dormir.

« Mitounet... Mitounet... Où es-tu Mitounet ? »
Cette fois un sommier grince.

« Bon sang ! Tais-toi donc sale gosse ! Et va-t'en au diable avec ton chat ! »

C'est le docteur à présent, un monsieur sévère qui occupe le seul appartement digne de ce nom dans cette antique demeure d'un noble armateur et où maintenant dorment entassées dix familles laborieuses.

« Mitounet... Mitounet, qu'est-ce que tu veux, Mitounet ? »

Alors, des exclamations excédées fusent de toute part, des visages paraissent aux fenêtres, les planchers grincent, et l'on appelle de droite et de gauche, d'en haut et d'en bas :

« Mitounet... Mitounet... »

Puis bientôt :

« Eh ! madame Munez... Ohé... madame Munez !! »

Mme Veuve Munez prend dans ses bras monstrueux le petit Enrique tout mouillé de pleurs et le serrant contre elle, s'allonge pour dormir. En juillet, les nuits sont bien courtes, tout juste suffisantes pour réparer la fatigue.

Mais Mitounet lance toujours son miaulement affreux qui soulève la peau. Aussi, de son grenier, Alvarez le docker, se met à lancer en jurant tous les objets qui lui tombent sous la main, vers le cèdre qui domine le patio, l'un des plus grands arbres de l'île, le plus grand peut-être.

Le chat était là car on entend un bruit dans le feuillage et les miaulements s'arrêtent. Vont-ils reprendre ?

Non. Alors, le petit Enrique jaillissant des seins de sa mère, se redresse et crie de plus belle :

« Mitounet... Mitounet... »

La ville s'éveille en désordre dans la brume. Ici, le premier tramway sort du brouillard, là un kiosque, là, un bec de gaz, ici un gros navire dans le port. Enfin, le soleil parvient à dresser les clochers, les rues et l'arbre! Le cèdre, déployé, en haut duquel apparaît, noir, luisant de rosée, Mitounet vivant, mais mourant de faim à vingt mètres du sol, n'osant plus redescendre le long du tronc. Il miaule, miaule à n'en plus finir, tandis qu'Alvarez le docker, saute sur son vélo et que le docteur Gordeville se rase devant la fenêtre grande ouverte.

Quelques locataires et la femme Munez, rassemblés au pied de l'arbre, discutent vivement, les uns parlant d'abattre l'animal, d'autres compatissant à ses malheurs. Enfin, le docteur qui a fini de se raser, crie dans la cour à tous ces gens en émoi :

« Mais, laissez-le donc. Maintenant qu'il fait jour, il finira bien par descendre! »

C'est à ce moment que paraît le petit Enrique. Il n'a pas assez dormi. Ses yeux fatigués regardent tout là-haut Mitounet dans son arbre. Enrique fait comme son chat, il s'assoit et attend.

Toute la journée, le petit Enrique a guetté dans l'arbre le pauvre Mitounet. Tous les locataires, en arrivant le soir, demandent la même chose :

« Et le chat ? »

Hélas! on ne peut que leur montrer d'un geste le cèdre, dans le ciel rougissant dont les derniers rayons luisent sur le pelage du chat, toujours installé sur la maîtresse branche, un peu plus affamé, un peu plus affolé, les griffes plantées dans l'écorce et la voix encore un peu plus rauque.

Avec l'obscurité, les miaulements deviennent plus pénibles. On jurerait qu'un enfant gémit doucement dans l'arbre. D'ailleurs, quelle nuit! Par moments, le chat se tait, puis il recommence à pleurer. Il semble vouloir supplier, crier, adjurer les hommes qui savent faire tant de choses. Mais rien, ils ne font rien. Alors le gémissement s'affaiblit, s'enroue, le silence retombe comme un reproche sur le patio; pendant ce temps, dessous, devant, derrière, partout, les vingt locataires se retournent sur leurs draps, fermant et rouvrant les fenêtres, les nerfs à vif, cherchant le sommeil, du même effort obstiné.

Au matin, le docteur Gordeville, hagard et mal rasé, sort de son appartement pour interpeller un locataire employé à la mairie et mince comme un fil :

« Comment avez-vous dormi ?

— Moi, je n'ai pas dormi du tout.

— Comme moi. Je propose que nous nous réunissions pour décider de ce que nous allons faire. »

Maintenant, le docteur Gordeville s'adresse à l'une des mères de famille qui s'apprêtait à monter vers son pigeonnier, un pot de lait à la main :

« Qu'en pensez-vous, madame ?

— Moi je veux bien... Mais on va décider quoi ?

— Eh bien, on va décider du sort de ce chat.

— Ça va nous mettre en retard... grogne le docker Alvarez que le docteur arrête au passage.

— Tant pis... Une affaire comme celle-là ne se voit pas tous les jours... Il faut prendre une décision. »

La réunion a lieu dans l'escalier sur la galerie du premier étage.

« Moi, je dis qu'il faut le tuer... grogne Alvarez. Et maintenant laissez-moi partir. »

Un sinistre craquement se fait entendre.

L'énorme Mme Munez, ses énormes fesses appuyées sur la rembarde de bois vermoulu, gesticule et prend à parti le docker Alvarez.

« Touchez à mon chat et vous allez voir ce que vous allez voir !

— Non, mais vous ne croyez pas me faire peur, tout de même ! rugit le docker qui se dresse comme un coq.

— Bon ça va... conclut le docteur Gordeville. J'ai compris. Il faut confier l'affaire à la police. »

Lorsque le policier Koutquelis pénètre à son tour dans le patio, son premier travail est d'enfiler un gant de velours pour calmer les esprits. En entendant le docker Alvarez réclamer la tête de Mitounet, le petit Enrique s'est mis à pousser de grands cris et l'énorme Mme Munez, aidée de deux autres commères, s'est jetée sur le sanguinaire Alvarez. Celui-ci ne doit son salut qu'à l'intervention du policier et de la loi, qui aiment à s'interposer... Au nom de la paix, bien sûr, mais aussi en vertu de ce principe bien connu : diviser pour régner !

Enfin, Koutquelis, après avoir entendu chacun, descend seul dans la cour, s'approche du pied de l'arbre et lève la tête.

« C'est haut... » dit-il.

Et il fait demi-tour.

Maintenant, tout le quartier est en effervescence et, comme la foule des voisins encombrait la petite rue, un camion voulant passer serre de trop près la maison d'en face dont il arrache la porte, ébranlant un pilier de soutènement. Il faut envoyer quelques gendarmes barrer la rue aux véhicules, canaliser des badauds en attendant que les pompiers arrivent. Car telle est la décision de Koutquelis, l'officier de police : cela est l'affaire des pompiers !

Voici donc la voiture des pompiers. La voiture s'arrête, prête à déployer la grande échelle tandis que le capitaine en habit kaki et casque de cuivre, s'en vient trouver le président du conseil des locataires, le docteur Gordeville.

« Alors, que se passe-t-il ? »

Le docteur montre un point noir dans le cèdre.

« Ça... »

Le capitaine des pompiers regarde avec stupeur les gens qui l'entourent : le sanguinaire Alvarez, le tout petit et tout rond Enrique, maman Munéz, souriante et pleine d'espoir, le docteur Gordeville qui vient déjà de refuser trois rendez-vous. Il y a aussi l'employé de la mairie que deux nuits d'insomnie paraissent avoir rongé jusqu'au foie. Enfin, dix enfants, d'autres hommes et d'autres femmes qui attendent sa réponse pour reprendre espoir.

« Mes braves gens, dit le capitaine, qu'est-ce que vous voulez que je fasse ?

— Mais... le descendre !...

— Avec quoi ?...

— Avec l'échelle...

— Alors, il faut d'abord que je démolisse la maison. Comment voulez-vous que je rentre la grande échelle dans cette cour ?

— Essayez avec une plus petite...

— Les autres sont trop petites. Non, honnêtement, je ne peux rien faire ! »

Et le capitaine des pompiers, devant tous les locataires consternés, cherche une consolation :

« A mon avis, il finira bien par descendre...

— Pensez donc, dit Mme Munez, il doit être là-haut depuis cinq jours au moins...

— On ne peut pourtant pas vivre une troisième nuit sans dormir, dit le docteur...

— Est-ce que vous pourriez l'abattre, demande enfin Alvarez ?

— L'arbre ?

— Non... Le chat...

— Avec quoi, demande le capitaine, avec un arc et des flèches ?

— Bon... ça va... » dit Alvarez...

Combien de grèves, de grands soirs, de matins qui chantent, ce pauvre Alvarez a-t-il refoulés ? Combien de pavés, d'injures à agents, de troubles de l'ordre et de barricades lui sont restés sur l'estomac ?

Alors, subitement, tout cela s'exhale : les poings serrés, défiant du regard Mme Munez et les commères, il ajoute menaçant :

« Je le ferai moi-même, ce soir, s'il est toujours là-haut. »

Dans un silence de mort, on le voit descendre l'escalier, sauter sur son vélo et disparaître.

Lorsque revient le soir, Alvarez fait grande sensation. Du plus loin qu'ils l'aperçoivent, les habitants de la rue l'avertissent que Mitounet est toujours dans son arbre.

Mais le docker répond par un grand éclat de rire en brandissant un énorme fusil de chasse à deux coups. C'est donc accompagné d'un cortège de curieux et le fusil sur l'épaule qu'il se présente devant la porte.

Mais là, Mme Munez, puissante, l'attend de pied ferme tandis qu'Enrique en larmes s'accroche dans son tablier :

« Vous n'entrerez pas ici avec ce fusil ! »

Alvarez hausse les épaules et s'avance. C'est alors qu'apparaissent successivement, trois autres femmes, puis une quatrième faisant siffler au-dessus de sa tête une antique bouillotte en cuivre, solidement emmanchée, qu'elle vient de décrocher du mur.

Le policier en faction s'interpose :

« Je regrette mais Alvarez a un permis. Il a le droit d'avoir un fusil de chasse.

— Il n'a pas un permis pour tuer les gens...

— Il n'est pas question de tuer les gens, mais un chat. Et en cette circonstance, il n'est pas interdit d'abattre un animal. »

Mais Mme Munez et ses compagnes ne cèdent pas un pouce du terrain :

« Qu'on réunisse le conseil des locataires et si la majorité décide de tuer mon chat, je laisserai faire Alvarez. »

Quelques instants plus tard, il y a dix-neuf personnes réunies dans le patio, sous le jour déclinant tout autour de l'arbre en haut duquel les miaulements ont repris, plus lugubres que jamais.

Le docteur Gordeville, qui vient d'exposer la situation, conclut :

« Maintenant, je crois que nous devons voter : ceux qui sont pour la mort du chat, levez la main ! »

Lentement, huit mains se lèvent parmi lesquelles, bien entendu, celle d'Alvarez mais aussi celle du docteur.

« Maintenant, ceux qui sont contre la mort du chat, levez la main. »

Lentement, onze mains se lèvent. Ce sont surtout sept mères de famille dont les enfants ont évidemment épousé la cause de Mitounet.

Voilà donc une nuit mouvementée en perspective... Car le docker Alvarez, qui refuse d'abandonner son fusil, consent tout au plus à donner à Mme Munez, qui les fourre dans la poche de son tablier, une poignée de cartouches. Mais il est clair qu'il lui en reste d'autres. Quant au docteur, il est tellement furieux, qu'il s'en va coucher à l'hôtel, s'il trouve toutefois une chambre car la saison touristique bat son plein. Il part en hurlant :

« Demain, je porterai plainte ! »

La décision du conseil fait vite le tour du quartier et l'on ne parle bientôt plus que de cela dans toute la vieille ville. Il est extraordinaire de penser qu'à propos de Mitounet, des familles entières se trouvent divisées, ce soir-là, mais c'est ainsi.

Il y a même dans le restaurant voisin, où le docteur Gordeville a décidé de dîner, un début de bagarre, réprimé à grand-peine par la police.

Tant et si bien que le chef de cabinet du gouverneur décide de prévenir celui-ci avant qu'il se rende à bord du yacht d'un prince arabe qui doit y donner une fête.

« Et si l'on n'y prend garde, monsieur le gouverneur, dit-il, ces imbéciles, enfin je veux dire les habitants de l'île, pourraient se trouver divisés d'une façon tout aussi inattendue qu'irréparable. »

Le gouverneur convoque d'urgence le capitaine

des pompiers, pour se faire expliquer ce début de révolte.

« L'arbre, explique celui-ci, est dépourvu de basses branches et il est impossible d'y accéder, ni par les toits, ni en établissant un va-et-vient, ni avec une échelle. Quant à abattre cet arbre, la difficulté n'est pas moindre puisqu'il faut commencer par monter jusqu'au faîte et le débiter en morceaux. Il n'y a donc pas d'autre solution que de chercher un bûcheron sachant escalader un tronc lisse à la façon dont les Noirs grimpent dans les cocotiers. Mais pour entreprendre quoi que ce soit, il faut attendre le jour, conclut le pompier. »

Soit, mais avant le jour, il y a toute une nuit à vivre. Et celle-ci dépasse de loin les précédentes car, non contents de ne pas dormir, les habitants de la maison s'épient plus ou moins. En fait, c'est Mme Munez qui épie Alvarez le sanguinaire. Puis, vers trois heures du matin, tous étant parvenus au summum de l'exaspération, le fusil d'Alvarez s'appuie sur le rebord de la lucarne et fait feu... Le bruit de ce coup de feu, répercuté de maison en maison et de rue en rue, fait dresser sur leur lit des milliers de gens consternés. On a tiré sur Mitounet ! Ça va chauffer.

Après le coup de feu, les habitants de la maison ont entendu trois bruits et même quatre, mais ce quatrième était plus timide. D'abord, les miaulements ont cessé. Ensuite, premier bruit : Alvarez a tourné la clef dans la serrure de sa porte pour la verrouiller. Deuxième bruit : le petit Enrique a poussé un hurlement strident, comme s'il avait été frappé en plein cœur. Troisième bruit : la galerie a gémi sous le poids de Mme Munez, bondissant comme une amazone à l'assaut du grenier d'Alvarez. Enfin, le quatrième bruit : le policier de service entrait timidement dans la maison, sur la pointe des pieds, au moment même où Mme Munez soufflant comme une forge, et en chemise, escalade les dernières marches.

Tandis que les voisins, à peine vêtus, s'entassent dans la rue devant la maison, tandis qu'un groupe de policiers s'élance vers la maison de Mitounet, tandis que l'on avertit par téléphone le secrétaire du gouverneur de la gravité de la situation, une véritable tornade s'abat contre la porte d'Alvarez.

Il est évident que ce bois pourri et cette serrure rouillée ne tiendront pas longtemps devant elle. Et Alvarez, terrorisé, crie de l'intérieur, qu'il s'estime en cas de légitime défense et que si cette femme entre, il tire !

De bonne foi, les autres ont d'abord voulu s'interposer et puis... saura-t-on jamais ce qui s'est passé ? A la suite, sans doute d'une insulte volontaire ou non, une véritable folie saisit tous ces gens, fruit de cette exaspération due à trois nuits sans sommeil et à des années de contraintes insupportables.

Les voisins massés devant la porte, entendant crier une femme, volent bientôt à son secours. Ce que voyant, les partisans d'Alvarez appellent à l'aide et lorsque la police surgit en force, il est clair que l'on assiste à la naissance d'une révolution.

Soudain, au plus fort de la bagarre, Mme Munez cesse de combattre et regarde son fils. Celui-ci, de la galerie du premier étage, regarde vers le cèdre en appelant comme il l'a déjà fait mille fois :

« Mitounet... Mitounet... »

La terrible Mme Munez tend l'oreille et fait taire tout le monde. Et dans le silence revenu, les miaulements recommencent.

Ce n'est qu'au matin qu'un ouvrier, venu de l'autre côté de l'île où il travaillait à la pose des lignes téléphoniques, parviendra au faîte du cèdre, en s'aidant d'une corde passée autour de l'arbre et d'un système de crochets, fixés aux pieds, dont se servent les mêmes ouvriers dans tous les pays du monde.

Mitounet, convaincu de l'excellence des intentions de son sauveteur, affaibli par son jeûne prolongé, n'offrira aucune résistance et se laissera descendre tranquillement dans un panier à couvercle.

Ainsi finira avant d'avoir eu le temps de prendre corps, la révolution dans cette île de la Méditerranée, celle-là même, où peut-être, vous passâtes de jolies vacances.

LE VAGABOND

Le policier Mylos Ptock, bien que ses chaussures soient moitié moins grandes que celles du paysan dont il essaie d'emboîter les empreintes, a déjà le bas de son pantalon tout alourdi. Le dégel dans cette région de Pologne est un cataclysme naturel et celui de l'hiver 1955 est particulièrement brutal, la gadoue s'étend à perte de vue.

Sous le torrent d'eau froide qui ruisselle des branches, le paysan ouvre une bouche édentée pour grogner :

« Tenez... C'est là-bas. »

Et il montre dans la clairière un groupe d'hommes qui attend entre un feu de bois fumeux et un trou dans la terre près duquel sont plantées deux pelles.

Mylos écarte ses grandes jambes, et glisse dans les ornières pour s'approcher d'eux. Il les salue, en portant un doigt vers son bonnet d'astrakan.

« Salut camarades... »

Sans perdre de temps, il se penche sur la fosse et comprend tout de suite pourquoi elle fut si vite découverte : le cadavre qu'il y voit ne devait être qu'à quelques centimètres sous la surface.

« Il n'est pas là, depuis longtemps, dit-il.

— Depuis le dégel, explique l'un des paysans, sinon impossible de creuser un trou, ça gèle profond ici.

— Vous connaissez cet homme ? » demande le policier en désignant le cadavre.

Devant le regard bleu du policier et malgré son sourire volontairement engageant les regards des paysans deviennent fuyants. La police, la politique et d'une façon générale tout ce qui vient de la ville, ne sont guère aimés dans cette région reculée de Pologne, où les paysans ont l'impression d'être menacés de colonisation en permanence et de résister en permanence.

« Vous ne le connaissez pas ? Bon... Aidez-moi au moins à le sortir de là-dedans. »

Quelques instants plus tard, le policier Mylos Ptock, détourne la tête devant l'odeur. Les mâchoires serrées, son visage bourru tout grimaçant, il fouille les poches du cadavre.

Il s'agit d'un vieil homme, du moins si l'on en croit les rides et l'aspect décharné. Pourtant, le corps n'est pas encore déformé par l'âge... soixante ans peut-être.

Sur le plan médical, sa mort ne présente guère de mystère pour le moment. Le crâne a dû être frappé à plusieurs reprises par un objet lourd et tranchant.

Il est habillé très modestement, comme un vagabond, mais de vêtements qui semblent en bon état et devaient être assez chauds. Contre toute attente, le policier découvre un portefeuille dans la veste. Et dans le portefeuille des papiers d'identité.

Mais lorsqu'il lit à haute voix le nom propre du

vagabond, les paysans sont littéralement frappés de stupeur.

Le policier a laissé sa voiture sur le bord de la route et fait à pied les quatre cents mètres du sentier qui mène à la maison de la vieille Mickiewicz. Il n'a pas la moindre idée de l'extraordinaire drame qui s'est déroulé dans cette chaumière. Aujourd'hui, le soleil donne et la terre s'imbibe de neige fondante comme un énorme papier buvard. Il fait bon, et le policier savoure une caresse chaude dans son dos. C'est le mois d'avril, le printemps, le soleil rend la vie à tout le monde. Sauf aux cadavres.

Un poète polonais a écrit : « Mieux vaut un instant en avril qu'un long mois en automne. » Ce poète s'appelait Mickiewicz, lui aussi. Mais il n'a rien à voir avec la vieille chez qui le policier va mener son enquête.

Il s'agit d'une paysanne transplantée dont les origines sont quasiment inconnues des gens de ce pays. Son nom, Mickiewicz, est tout ce que l'on sait d'elle.

La vieille habite donc une chaumière presque misérable d'où s'élève une petite colonne de fumée qui sent le chou. Mylos Ptock gratte ses chaussures crottées sur la pierre disposée devant la porte et veillant à n'avoir l'air ni trop bourru ni trop guilleret, frappe trois coups sonores.

Comme il s'en doutait, car la vieille devait l'observer depuis l'une des deux fenêtres de la façade, la porte s'entrouvre aussitôt.

« Camarade Mickiewicz ?

— Qu'est-ce que c'est ?

« — Vous êtes bien madame Mickiewicz ?

— Oui, mais pourquoi ?

— Je suis la police de Toulonear et je voudrais vous parler. »

La vieille qui se tenait courbée a redressé son front ravagé. Les sourcils se froncent sous le fichu noir d'où s'échappent en désordre quelques fils blancs. Elle ouvre plus grand :

« Entrez... »

C'est l'intérieur classique des paysans les plus pauvres. En face, la cheminée où brûlent quelques bûches sous la bouilloire pour le thé et l'énorme marmite noirâtre qui sent le chou. Buffet, évier et réserve de bûches sont alignés côte à côte le long d'un mur. A l'autre mur est appuyée une table avec un banc. Sur le quatrième mur, à côté de la porte qui mène à l'unique chambre sont alignés des portemanteaux où pendent quelques vêtements d'hiver.

« Camarade, déclare péremptoirement Mylos Ptock, en s'asseyant au bout du banc, vous avez reçu, il y a quelque temps la visite d'un vieil homme. »

Mme Mickiewicz, profondément surprise, regarde le policier avec des petits yeux blancs. A vrai dire, ils ne sont pas blancs mais la prunelle est si délavée entre les paupières grises et lourdes qu'on les croirait blanchâtres.

Le policier insiste gentiment :

« Si, madame, faites un effort pour vous souvenir. Je ne sais plus quel jour c'était, mais vous avez reçu la visite d'un homme. Rappelez-vous, il avait un vieux manteau de laine brune doublé de lapin... »

112

Les yeux de la vieille n'ayant pas cillé, le policier décide alors de mentir :

« Je le sais parce que, depuis la route, des gens l'ont vu s'engager sur le chemin et s'arrêter ici.

— Qui l'aurait vu ? » demande la vieille.

Il faut inventer le nom d'un personnage inconnu et qui l'impressionne :

« Buchezick. Le camarade Buchezick. C'est le directeur de l'hôpital de Zyrardow. »

La vieille hésite quelques instants...

« Oui, dit-elle enfin, maintenant je me souviens. C'était il y a une dizaine de jours, ou douze, je ne sais plus très bien. Un homme a frappé à ma porte. Il faisait nuit. C'était six heures. J'avais mangé et j'écoutais la radio. J'étais très méfiante parce que je suis si loin de tout. Et c'est très rare qu'un étranger se perde jusqu'ici. Je lui ai dit sans ouvrir : " Que voulez-vous ? ", il m'a demandé si c'était encore long jusqu'au village de Toulonear... « Vous en avez encore pour deux heures » que je lui ai dit. »

Manifestement, la vieille observe le policier, guettant ses réactions pour orienter son récit dans un sens ou dans un autre. Mylos Potck ne veut pas lui permettre d'en rester là :

« Et après ?

— Après... Après... Je ne me souviens plus.

— Allons, vous l'avez fait entrer. Le camarade Buchezick a eu tout le temps de le voir : il avait crevé, il était en train de changer sa roue.

— Bien sûr qu'il est entré, j'allais vous le dire. Il m'a dit : « Je ne pourrai pas arriver avant la « nuit à Toulonear et je risque de me perdre : sur « cette route il y a une maison toutes les

« demi-heures. » Alors j'ai ouvert. Et il est entré. »

Le policier imagine la scène : la vieille au visage ravagé, toute courbée en avant, méfiante, regardant de ses petits yeux blanchâtres à la lueur de la lampe à huile le vieillard inconnu.

« Il a dit, poursuit la vieille, " je vous remercie de tout cœur ". Il avait l'air brave et très simple. Je l'ai fait asseoir près de la cheminée sur le tabouret. Il a posé son bissac à ses pieds. « Vous « venez de loin ? » Je lui ai dit : « De très loin » Il a répondu. « Alors vous devez avoir faim... » j'ai dit. Et je lui ai donné à manger.

— Et après ? demande le policier.

— Je lui ai versé du thé.

— Mais, pendant ce temps-là, de quoi avez-vous parlé ? »

La vieille qui s'est assise à son tour sur le tabouret, raconte qu'il lui a demandé son nom.

« Je m'appelle Jelena Mickiewicz, j'ai dit. »

Puis ils se sont longtemps parlé. Le vieil homme l'avait mise en veine de confidence. Elle lui a expliqué qu'elle était veuve, ou du moins qu'elle pensait l'être car son mari l'avait quittée voici plus de trente ans. C'est-à-dire, bien avant la guerre. Il est allé courir le vaste monde et elle n'a plus jamais entendu parler de lui. Elle a exploité la ferme toute seule. Puis les Allemands sont arrivés. Après, ça été les Russes. Aujourd'hui, cette chaumière et le jardin autour, c'est tout ce qui lui reste.

« Et lui, demande le policier, il vous a parlé de lui ?

— Oh ! je lui ai posé quelques questions, mais il ne m'a pas répondu grand-chose.

114

— Est-ce qu'il vous a dit seulement son nom ? »
La vieille secoue la tête :
« Non. »
A ce moment, Mylos Ptock, convaincu depuis le début que la vieille est la clef d'une affaire minable, reste stupéfait : il se pourrait bien qu'il s'agisse en réalité d'un drame extraordinaire et le policier insiste :
« Tout de même, il a bien dû vous parler ! Qu'est-ce qu'il vous a dit ? »
Ce qu'a dit le vagabond à la vieille Jelena Mickiewicz c'est en effet peu de chose : que la vie avait été dure pour lui, qu'il avait travaillé un peu partout, qu'il n'avait pas toujours mangé à sa faim ni couché dans un lit. Si bien que la vieille a tout à coup ressenti de la pitié.
Alors, elle lui a proposé de dormir chez elle. Il ne pouvait pas continuer sa route dans la nuit. Il n'y a pas d'auberge avant Toulonear. Elle lui poserait un matelas sur la table.
Le vieil homme a accepté en la remerciant beaucoup.
« Et après ? » demande une fois de plus le policier.
Les yeux de la vieille sont encore plus petits et plus blanchâtres si c'est possible.
« Et après ? Le matin il est parti.
— Il ne vous a rien donné en remerciement ?
— Un peu d'argent.
— Combien ?
— 100 zloty.
— Allons, camarade Mickiewicz, il faut me dire la vérité. »
Et le policier fait glisser ses fesses tout le long du banc pour se trouver à quelques centimètres

de la vieille qu'il prend aux épaules pour la secouer brutalement, le regard dur :

« Il faut me dire toute la vérité car je la connais déjà! Le vieil homme est mort et c'est vous qui l'avez tué. Vous l'avez tué avec cette hache, j'en suis sûr. »

Et il montre la hache près du bûcher...

La vieille a pâli mais ne perd pas son sang-froid.

« C'est pas vrai. Pourquoi je l'aurais tué?

— Mais parce que c'était votre mari! Votre mari que vous avez aimé autrefois! Votre mari qui revenait après trente ans. Pour vous : trente ans de solitude, trente ans de souffrances! Et voilà le joli cœur qui revenait comme si de rien n'était! Peut-être que vous lui avez fait des reproches, que vous vous êtes disputés? Vous étiez folle de colère et vous l'avez tué! Je le sais. Ne dites pas le contraire, on a retrouvé son cadavre et j'ai vu ses papiers. Il s'appelle Mickiewicz lui aussi. »

La vieille, toujours immobile et muette, a maintenant sur ses lèvres un sourire bizarre.

« Ne vous moquez pas de moi, camarade. C'est très mauvais de se moquer de la police.

— Je ne me moque pas de vous, dit la vieille, mais vous vous trompez complètement. »

Et la vieille va lui donner une toute autre version des faits.

Son visiteur, ce soir-là, ne lui avait toujours pas dit son nom, lorsque avant de s'allonger sur la table où elle avait posé un matelas, il sortit de son bissac un paquet. Un simple paquet de papier journal serré dans un entrelacs de ficelle.

« Tenez, dit-il, gardez-moi cela jusqu'à demain.

Je suis bien vieux et si fatigué qu'il m'arrive d'avoir des crises la nuit. Si je ne devais plus me réveiller cela vous appartiendrait. »

Alors, la vieille a été se coucher, cachant le paquet sous son oreiller. Mais elle ne parvenait pas à dormir, tracassée par la curiosité : comment ce vieil homme misérable pouvait-il posséder quelque chose d'assez précieux pour qu'il veuille le protéger ? Et puis pourquoi le lui confier à elle ?

Elle reprit le paquet, le tournant, le retournant entre ses mains. Il était épais de trois à quatre centimètres, long et large comme un billet de banque, à peu près le même poids qu'une liasse et souple comme elle.

Ce n'était pas possible, une telle liasse représenterait une petite fortune, et le vieillard aurait été un homme presque riche...

Finalement, n'y tenant plus, elle entreprit de déchirer le papier dans un angle. C'étaient bien des billets.

Combien la vie de la vieille eût été différente si elle avait possédé cet argent. Elle se voyait dans une maison de ville, avec une petite bonne. Plus besoin de trimer dans le jardin hiver comme été, au risque de mourir un jour sur le sol de sa chaumière, loin de tout et dans une solitude affreuse.

Alors, bien sûr toutes sortes d'idées folles lui sont passées par la tête.

Par exemple, tout bêtement voler le vieil homme. Mais il ne se laisserait pas faire si facilement. La police viendrait perquisitionner et ce serait la prison.

Alors pourquoi ne pas essayer de le loger ici définitivement ? Pourquoi ne lui proposerait-elle pas demain de rester chez elle? Probablement n'avait-il plus personne au monde? Mais non... Ce vieil homme bizarre, habillé si modestement, qui trimbalait sur lui une petite fortune, devait être un éternel errant, un instable, qui repartirait un jour ou l'autre.

Alors, l'épouser? Pourquoi pas, il devait être possible de le prendre au piège quelques jours, quelques semaines, quelques mois, le temps de l'épouser. Il repartirait bien sûr, mais la moitié du magot serait à elle. Non, cela n'était possible qu'après de longues démarches puisqu'elle était encore mariée. D'ailleurs, son mari n'était peut-être pas mort.

Mais l'homme avait dit : « Si je ne devais plus me réveiller, cela vous appartiendrait. »

S'il ne s'éveillait plus, le paquet qu'elle tenait dans ses mains lui appartiendrait donc...

Evidemment, si elle le tuait, il ne s'éveillerait plus.

Personne n'avait vu entrer l'homme dans sa chaumière. La route, au loin, est si peu fréquentée, et le temps qu'il cheminait, il n'avait sans doute rencontré âme qui vive.

Les heures de la nuit passaient avec une rapidité effrayante. A force de retourner dans sa tête toutes ces idées folles, elle ne savait plus où elle en était.

Bientôt, le jour allait se lever et le vieillard allait demander son paquet et partir.

Alors, brusquement, sortant doucement du lit, elle a poussé la lampe à huile pour gagner à pas de loup la pièce commune. Le feu dans la cheminée était éteint depuis longtemps. Pour une fois qu'elle n'était pas seule, la vieille n'avait pas fermé ses volets. La lune reflétée par la neige éclairait vaguement la salle commune. Sur la table, l'étranger était allongé et semblait dormir profondément, à en juger par la régularité de sa respiration.

Alors elle saisit la hache sur le bûcher...

Ce n'est que le lendemain soir que la vieille entreprit de transporter le corps dans une brouette, jusqu'à la clairière où elle creusa un trou pour l'enterrer.

Mylos Ptock, à qui la vieille Mickiewicz vient de faire ce récit, attendait un détail, ce détail ne vient pas...

« Mais enfin, dit-il, il avait bien fini par vous dire son nom... »

La vieille secoue négativement la tête.

« Allons, vous avez bien eu la curiosité de chercher son identité, de fouiller son portefeuille ?

— Non. Pour quoi faire ?

— Mais alors vous ne saviez pas qu'il s'appelait Mickiewicz lorsque vous l'avez tué ?

— Non.

— Ni lorsque vous l'avez enterré ?

— Non, c'est vous qui me l'avez appris ! »

Le policier, éberlué, sort précipitamment de sa poche les papiers qu'il a saisis sur le cadavre pour vérifier avec la vieille s'il s'agit bien de son mari.

« C'est pas la peine, dit-elle, et il coule enfin une larme de ses yeux blanchâtres. Je ne l'ai pas reconnu. Mais maintenant je suis sûr que c'était lui... Et il n'était pas là par hasard... Il revenait, tout simplement... il revenait à la maison. »

LA MARGOT DU PORT

UNE prostituée se reconnaît de loin, de face, de profil, et à sa carte professionnelle. Mais pour une fois, Mme le juge Lordaens n'a pas reconnu en Margareth Visser, une prostituée. Cette femme assise devant elle, en petite robe de laine noire, ressemble à tout, sauf à une professionnelle : une tignasse blonde et lisse, des yeux noirs rieurs, une bouche fraîche, et un teint de peinture flamande. Pourtant, le dossier existe, avec la carte sur laquelle sont notées les visites médicales, et l'adresse de la prostituée : hôtel d'Amérique, dans l'un des quartiers les plus malfamés du port.

Mme le juge a la cinquantaine distinguée et sage, des lunettes sur le nez, un grand front et l'air sévère, pour demander :

« Alors ? Qu'est-ce qui s'est passé ? »

La voix de la femme surprend Mme le juge. Une voix grave, forte et bien modulée, tout à fait étonnante pour le personnage. Comme si voix et corps ne vivaient pas ensemble. Et tout en examinant la silhouette mince, Mme le juge se dit : « Elle doit chanter remarquablement avec une voix pareille... »

Margareth Visser a secoué la tête d'un air fata-
liste avant de répondre :

« Moi, vous savez, je n'ai rien vu, j'étais au bar
avec un copain.

— Vous avez forcément vu quelque chose ! La
bagarre a eu lieu sous votre nez !

— Ah ! mais, attention... Moi je tournais le dos,
je discutais avec mon copain, et quand je me suis
retournée, le type était par terre.

— Donc, vous n'avez pas vu qui l'a attaqué ?

— Forcément, non...

— Mais vous avez pu le savoir dans les minutes
suivantes ?

— Oh ! ce que disent les autres, moi, vous
savez... Je ne crois que ce que je vois !

— Et vous ne connaissez pas Konrad Johaens ?

— De nom, c'est tout, c'est une relation...

— Et vous ne connaissez pas Peri Yorgensen ?

— Un peu comme tout le monde dans le coin. »

Mme le juge repousse le rapport de police
qu'elle consultait, croise les mains et résume la
situation d'une voix calme :

« Donc, vous êtes au Bar de l'Escale, sur les
quais avec un client. Dans ce même bar Peri Yorgensen, votre souteneur notoire, a une bagarre au
couteau avec un autre souteneur notoire, Konrad
Johaens, et vous n'avez rien vu ? Vous ne trouvez
pas que c'est un peu bizarre ? »

Margareth Visser, dit Margot du port, la prostituée, avance le nez, et de sa voix grave, conclut :

« Dans mon métier, vous savez, moins on en
voit, mieux on se porte.

— Vous trouvez que c'est un métier ce que
vous faites ?

— Eh oui, madame ! Vous savez bien : c'est le plus vieux métier du monde ! »

Ce petit dialogue se passe en 1949, à Anvers, dans le bureau du juge d'instruction Lordaens, l'une des rares femmes magistrats en Europe, à cette époque. Et il est étonnant ce dialogue, pour plusieurs raisons. La première étant que le ton est resté courtois. D'habitude, lorsqu'un policier, et même un juge, interroge une prostituée, il ne prend pas tellement de gants. La seconde raison, est qu'une espèce de sympathie instinctive vient de naître entre ces deux femmes pourtant si différentes, d'âge et de milieu. Et la troisième raison, la plus importante, est que ce dialogue est le début d'une histoire d'amitié et de mort, entre la femme de justice et la femme de trottoir.

Le fait divers qui a amené Margot comme témoin devant le juge d'instruction, n'a pas fait la une des journaux. En quatrième page, celle qui donne les informations maritimes, un petit entrefilet indique seulement : « Agression dans un bar du port, un blessé grave. » Pour les habitués du bar en question, l'explication est simple : deux soûteneurs ont réglé leur compte, à propos de Margot. L'un, Peri Yorgensen *propriétaire* de Margot depuis quatre ans, et l'autre, Konrad Johaens, candidat à cette propriété. C'est lui le blessé grave, il est à l'hôpital; quant au premier, il a pris la fuite avant l'arrivée de la police.

Comme il est courant dans ce genre d'histoire, les témoins sont rares. Seul le patron du bar, vu sa position stratégique, a été contraint de donner sa version des faits. Pour lui, il s'agit d'une rivalité entre hommes à propos d'une femme. Une histoire d'amour en quelque sorte. Jamais il ne reconnaîtrait que son bar est fréquenté par les marchands d'amour à la carte ! Mais la police n'est pas dupe bien entendu, et Mme le juge Lordaens ne l'est pas non plus.

En 1949, une femme juge, ce n'est pas courant. L'administration ne lui confie d'ailleurs que de petites affaires, et en particulier depuis quelque temps, les affaires de prostitution. On espère d'une femme une plus grande sévérité devant ce problème. Les supérieurs masculins du juge Lordaens le lui ont fait comprendre :

« Utilisez vos connaissances en matière de psychologie féminine, et ne craignez pas de frapper fort ! La prostitution est une gangrène qu'il faut enrayer. Le port d'Anvers est le plus mal famé d'Europe, ces femmes se conduisent en terrain conquis, avec parfois la bénédiction de certains policiers. Votre rôle est de les amener à dénoncer surtout les hommes qui dirigent ce marché. »

Ainsi la situation est claire pour le juge Lordaens. A elle de faire le ménage. Mais, depuis un an qu'elle assure ses fonctions, le ménage en question est à refaire tous les jours, et elle a le sentiment de déplacer des grains de poussière minuscules qui lui cachent une forêt inaccessible.

En face d'elle, Margot sourit et demande gentiment :

« Vous allez me garder longtemps en prison ?

— Tout dépendra de vous.

— Qu'est-ce que ça veut dire ? J'ai rien fait moi ! C'est quand même pas de ma faute, si deux hommes se bagarrent pour avoir mes faveurs...

— Ne jouez pas à ce jeu-là, mademoiselle Visser !

— Mademoiselle! Ah! ben dites donc, vous m'envoyez des fleurs! Personne ne m'appelle jamais comme ça.

— Pourquoi vous êtes-vous prostituée?

— Oh! là! là... Les grands mots! La grande question! Vous voulez que je vous dise? Parce que ma mère l'était déjà, et puis parce que j'ai bon cœur.

— Répondez sérieusement, j'ai besoin de votre aide.

— Mon aide à moi? Ma pauvre dame. Je suis bonne à rien de ce que vous voudriez, sûrement.

— Ne croyez pas cela. J'ai l'impression que vous n'êtes pas comme les autres; si vous le vouliez, nous pourrions faire une grande et belle chose ensemble.

— Une grande et belle chose? Vous vous moquez de moi! Vous me racontez des histoires pour que je dénonce quelqu'un, c'est ça?

— C'est ça. Mais je ne vous raconte pas d'histoires. Si vous dénoncez votre souteneur, si nous pouvons l'arrêter, et qu'il soit jugé pour le crime qu'il a commis, vous serez libre, et d'autres filles le comprendront.

— Doucement, doucement, d'abord je n'ai pas de souteneur, ensuite, je ne suis pas une donneuse, ensuite, le gars dont vous parlez n'a pas commis de crime! Personne n'est mort hein? Il a juste un coup de couteau dans les côtes, ça va l'aider à réfléchir c'est tout.

— Vous ne le pensez pas. Quand on vous a arrêtée, vous vous êtes préoccupée du blessé, je le sais.

— Ben oui, et alors? Qu'est-ce que ça prouve?

— Que vous jouez un rôle en ce moment. Celui

de la fille endurcie qui fait le trottoir par plaisir, et accepte d'être la propriété d'un commerçant. Combien gagne-t-il grâce à vous ? De quoi s'offrir un appartement luxueux en ville, une voiture et de jolies cravates. On a perquisitionné chez lui, il est plus riche que vous ne le serez jamais !

— Possible, ça m'est égal, c'est son affaire.

— Donc vous reconnaissez qu'il est votre souteneur ?

— Oh ! oh ! j'ai pas dit ça !

— Si vous l'avez dit. Ne jouez pas à cache-cache avec moi. Nous sommes adultes ! Et je sais ce que je dis. Je sais aussi que vous vous taisez pour le protéger, alors que vous savez parfaitement où il se cache. Vous vous taisez parce que c'est l'habitude, parce que vous avez peur aussi. Car cet homme-là est un violent, qu'il n'en est pas à son premier coup de couteau !

— D'accord, et le prochain serait pour moi ? C'est ce que vous voulez dire ? Et bien, vous avez raison. Et si je savais où il se cache, je ne vous le dirais pas.

— Vous tenez vraiment à continuer à vivre comme une bête de foire ? Une marchandise que l'on étale sur le trottoir ? Je ne le crois pas, vous êtes différente.

— C'est vous qui êtes différente ! Et avec tous vos diplômes là, vous n'avez rien compris à rien ! Qu'est-ce que vous croyez ? Que les filles comme moi disparaîtront parce que je vous aurais « donné » un souteneur ? Et les autres alors ?

— Quels autres ?

— Les autres hommes ! Ceux qui traînent la nuit à la recherche d'une femme, parce qu'ils n'en ont pas ! Ceux qui passent des mois en mer à travailler comme des brutes, et n'attendent que le retour au port, pour rigoler un peu ? Vous savez comment on m'appelle ? La Margot du port ! Vous savez combien j'ai de copains sur les bateaux ? Des centaines. Tous ceux qui jettent l'ancre sur le quai d'Amérique, tous les petits patrons de cargos, tous les pêcheurs qui rentrent au port. Ils ont besoin de moi ces gens-là, de moi et des filles comme moi !

« Tout le monde ne peut pas vivre au chaud dans une maison bourgeoise avec bobonne et petits plats. Tout le monde n'est pas pareil, pas un homme ne ressemble à un autre ! Allez... Je les connais moi, comme ma mère les a connus ! Et j'ai pas honte de ce que je fais. Je ne vais pas vous raconter qu'un vilain monsieur m'a kidnappée et obligée à faire ce métier, je l'ai choisi ! Ça peut vous paraître bizarre mais c'est comme ça. Alors, ne me jouez pas du violon pour m'attendrir. Pendant que vous m'enfermez dans votre prison, des tas de gars sont malheureux, ils n'attendent qu'une chose, c'est que je revienne sur les quais. »

Mme le juge fait la grimace. Les deux femmes sont face à face comme deux lutteurs pacifiques.

« Pour vous donner de l'argent que vous irez rapporter à un fainéant, un lâche qui a fait de vous son outil de travail...

— Vous voyez ça comme ça, vous ! Moi je le vois autrement. Ce lâche comme vous dîtes, m'empêche d'avoir des histoires. S'il n'était pas là, je risquerais ma peau, plus souvent que vous ne risquez la vôtre ! C'est ma police à moi !

— Un policier particulier avec un couteau à cran d'arrêt ! Un assassin en puissance !

— C'est pas vrai, il a tué personne !

126

— Si Margot. On le soupçonne d'un meurtre depuis plusieurs mois. Celui d'une fille comme vous, et vous le savez! On a retrouvé cette fille dans le port, tailladée, elle avait voulu fuir avec son argent, elle s'appelait Sonia, elle avait vingt-cinq ans, vous voulez voir son dossier?

— C'est des histoires...

— Vous savez bien que non. Comme vous savez qu'il ne s'agit pas aujourd'hui d'une simple bagarre, mais d'un affrontement entre gangs de la prostitution, qu'il y a des chefs d'industrie par-dessus votre minable petit protecteur. Alors, ne me faites pas croire à vos bons sentiments et à votre idéalisme! Le bon Samaritain du trottoir, ce serait vous? La Margot du port sentimentale? Celle que les marins portent dans leur cœur?

« Regardez-vous : vous avez trente ans, vous menez une vie de chien, dans quelques années vous ne serez plus la reine du quai d'Amérique, d'autres prendront votre place et vieilliront, comme vous, avec pour tout bagage, un vieux manteau et un sac à main en faux cuir. Réfléchissez à ça, vous n'êtes pas stupide. Et pensez aussi qu'il s'agit de crime, de mort, que l'autre va peut-être mourir à l'hôpital, et que la guerre continuera. Une guerre d'argent! Pensez que les seules armes véritables que ces hommes-là possèdent, c'est vous! Que vous fassiez le trottoir, ça vous regarde, Margot! Et je ne prétends pas supprimer votre métier. Ce que je veux, c'est votre liberté, et vous la voulez aussi. Vous n'avez pas la tête d'une esclave, vous ne parlez pas comme une esclave! Allez jusqu'au bout de vos idées, ou bien renoncez-y, et acceptez d'être ce que vous êtes, c'est-à-dire une machine à sous! »

Mme le juge Lordaens se lève. L'entretien est terminé. Elle fait signe au gardien de ramener la prévenue dans sa cellule. Après avoir signifié à Margot son inculpation : « Complicité dans une tentative de meurtre. »

Margot se tait, signe sa déclaration et s'en va, les sourcils froncés. La bataille a été courtoise, amicale, mais dure. Le juge a joué sa partie. Elle a joué la sienne. A présent, chacune regagne son camp.

Une semaine passe après l'entrevue de Margot et du juge Lordaens, une semaine sans autre événement que la routine de la prison pour la première et celle des dossiers pour la seconde. Cette Histoire Vraie n'est toujours qu'un fait divers banal, dont les journaux ne s'inquiètent pas, et qui ne remue pas les foules. Pourtant, le 3 décembre 1949, Margareth Visser, dite Margot du port, est à nouveau convoquée par le juge Lordaens, et les deux femmes s'affrontent du regard. Margot a une petite mine chiffonnée, ses cheveux ont perdu beaucoup de leur éclat, et ses yeux noirs beaucoup de leur gaieté.

C'est presque tristement qu'elle demande :

« Vous m'en voulez encore ? »

Mme le juge a un vague sourire sérieux.

« Je ne vous en veux pas. Il y a simplement un fait nouveau. Konrad Johaens est mort hier soir des suites de ses blessures. La procédure d'instruction va changer, à présent, votre petit ami est recherché pour meurtre. »

Margot encaisse le coup manifestement et ouvre la bouche pour dire :

« Ah ?... », d'un air interrogateur, mais Mme le juge enchaîne très vite :

« Je suis en droit de penser que vous dissimulez des informations à la justice. »

Margot sursaute :

« Moi ?

— Vous. Vous connaissez l'endroit où s'est réfugié votre protecteur, vous êtes sa complice. Cette semaine, vous avez reçu la visite d'une femme, cette femme est venue vous voir en prison, de la part de l'assassin que nous recherchons.

— C'est vous qui le dites !

— Non, un informateur de la police. Il y en a quelques-uns heureusement.

— Et d'après vous, qu'est-ce que me voulait cette femme ?

— L'assurance que vous ne parleriez pas. Votre protecteur n'est pas tranquille. C'est la première fois que la justice tient un témoin intéressant en ce qui concerne ses activités, et ce témoin c'est vous. Je me trompe ? »

Margot secoue la tête en silence, sans dire ni oui ni non, comme si elle réfléchissait à la question. Et le juge continue :

« J'ai décidé de vous faire une proposition.

— A moi ? Pourquoi ?

— Parce que vous êtes en danger. Que vous parliez ou non, si je vous relâche, cet homme se méfiera de vous, je le sais. D'autre part, j'attends d'autres informations, qui nous permettront peut-être, du moins je l'espère, de l'arrêter.

— Et alors ? En quoi ça me concerne ?

— Il pensera que vous l'avez trahi.

— Et je me retrouverai dans le port, transformée en cadavre ? C'est ça ?

— Ce n'est pas votre avis ? »

Margot se tait. Front buté, menton buté, elle détourne les yeux. Le juge parle à un masque :

« Ma proposition est simple. Vous êtes complice vis-à-vis de la justice, mais je peux ne pas en tenir compte, et vous relâcher discrètement...

— Pourquoi feriez-vous ça ?

— Pour vous donner une chance de vivre. A condition que vous filiez, que vous changiez de ville, ou de pays, et à condition aussi... »

Margot redresse la tête, agressive :

« Je la vois votre condition, c'est la plus importante pour vous, n'est-ce pas ? A condition que je dise ce que je sais ?

— C'est ça.

— Vous n'avez pas besoin de moi, vous avez vos informateurs !

— Ce n'est pas la même chose. Vous en savez plus qu'eux, et ensuite, il n'y a pas que votre petit souteneur, il y a tous les autres. Tous ceux qui font partie du même gang, avec un même chef. Tous ceux qui un jour ou l'autre iront jusqu'au crime pour favoriser leur commerce. Vous n'êtes pas seule dans cette histoire, Margot, il y a les autres filles. Ce qui vous arrive, peut leur arriver. A présent qu'il y a un mort, à présent que la justice s'en mêle, vos patrons vont s'affoler un peu, les filles aussi, tout ce petit monde va commettre des erreurs, par peur ou par lâcheté, vous pouvez l'éviter dans une grande mesure.

— En devenant informateur moi-même, c'est ça ?

— C'est ça.

— C'est pas joli ce que vous faites là, madame le juge.

— Non. Mais d'un côté de la balance, il y a votre peau, et celle de pas mal d'autres, votre liberté, et celle de pas mal d'autres. Tandis que de l'autre côté, il n'y a qu'un assassin, pour l'instant.

— C'est quoi votre proposition ?

— Je vous relâche sans publicité. Officiellement, il s'agira d'un transfert de prison, cela vous donne le temps de disparaître, et à moi le temps d'inculper ceux qui doivent l'être.

— En somme, vous pensez à vos affaires avant tout, vous n'êtes pas différente des gens que vous voulez arrêter.

— On peut voir les choses comme ça. Mais il n'y a pas que cela. Je vous aime bien.

— Moi ? Vous m'aimez bien ? Quelle blague !

— Non. J'ai eu de nombreux témoignages en ce qui vous concerne. Des témoignages de moralité, au sens juridique habituel.

— De la moralité, moi ?

— J'ai fait la connaissance de quelques-uns de vos clients. Sous prétexte d'établir un dossier complet sur vos activités, j'ai rencontré des hommes que vous connaissez bien. Des patrons pêcheurs, des marins. L'un d'eux, il s'appelle Peter m'a presque supplié de vous relâcher.

— Peter, le chalutier ?

— Oui, il m'a dit : « Si vous ne relâchez pas la « Margot, le port ne sera plus pareil pour nous. » Il m'a dit aussi : « Cette fille, c'est notre rayon de « soleil. Quand on la voit passer, on la siffle avec « la sirène du bateau, et ça la fait rire. » Il vous aime bien.

— Je sais. Moi aussi je les aime bien. Alors comme ça vous défendez mon métier à présent ?

— Non. Mais je suis franche, c'est vous que je défends. Seulement, il faut me comprendre, moi aussi j'ai un métier, et je l'aime bien, et il n'est pas facile pour une femme. Je n'ai pas autant d'amis que vous. Dans mon milieu, les hommes me guettent, ils attendent que je fasse la preuve de ma faiblesse, ou de mon incompétence. Si vous aviez eu affaire à un homme, à ma place, vous ne seriez pas là, vous ne parleriez pas avec lui, comme vous parlez avec moi. Il est probable qu'on vous aurait maltraitée, et que vous ayez parlé ou non, on vous jetterait à la rue, avec pertes et fracas, dans l'espoir de se servir de vous comme appât. C'est la vérité, vous le savez.

— Je sais. Mais vous vous servez de moi aussi...

— En amie. Pour un échange de bons procédés. Je n'aimerais pas que l'on vous fasse du mal à présent, je vous connais trop.

— On s'est vu deux fois !

— Vous m'avez appris beaucoup. »

Margot sourit d'un air comique.

« C'est la meilleure ! Vous voyez ça ? Une petite machine à sous, comme moi, qui en apprend à un juge diplômée...

— Alors, Margot ? Qu'est-ce que l'on fait ? Vous le gardez pour vous cet assassin ? Vous l'aimez tant que ça ?

— Lui, c'est un imbécile. Mais il fallait bien en passer par lui !

— Alors ?

— D'accord. Je fais peut-être la plus grande bêtise de ma vie, mais d'accord, au moins vous m'aurez convaincue d'une chose, c'est qu'il vaut mieux faire une grande bêtise qu'une grande saleté. Allez-y, marquez ça dans vos dossiers. Péri Yorgensen, mon souteneur comme vous dites, a une planque au nord de la ville... »

Et Margot du port raconte tout ce qu'elle sait sur l'organisation à laquelle appartient son souteneur. Elle ne refuse qu'une chose : dénoncer les filles, mais Mme le juge ne le lui demande même pas. Jamais jusqu'à présent, une prostituée d'Anvers confirmée dans le métier depuis plus de dix ans, n'a osé faire et dire ce que dit Margot ce jour-là. Sa déposition terminée, elle ajoute même d'un air bravache :

« Quand vous aurez piqué tous ces beaux gars, laissez-moi en liberté provisoire, je témoignerai pour vous !

— C'est trop dangereux !

— Ça l'est de toute façon. Et si je ne témoigne pas au procès, vous n'en garderez aucun ! Il vous restera le menu fretin. J'irai au bout de mes idées comme vous dites, et si je peux trouver des copines pour le faire, je vous les amènerai ! J'arriverai bien à en convaincre deux ou trois. Vous m'avez parlé de liberté l'autre fois, eh bien, je la veux maintenant ! Je veux la liberté de régler mes tarifs à la tête du client, et pas celle du syndicat !

Terrible Margot ! Sa liberté à elle, c'était cela, seulement cela. Elle ne pensait pas à changer de métier, à devenir quelqu'un d'autre, elle ne pensait qu'à rester ce qu'elle était, la Margot du port, libre de faire l'amour à tarif réduit.

Un mois après sa liberté provisoire, alors que la justice allait peut-être juger sept individus sur la base de son témoignage, et les condamner pour meurtre et prostitution, on retrouva la Margot du port, vidée de son sang, derrière un entrepôt. Morte sans témoin, sans autre explication que celle d'un nouveau fait divers en quatrième page : « Une prostituée victime d'un sadique ou d'un règlement de compte. »

Aucune de ses compagnes ne vint témoigner. Aucune preuve ne vint étayer le dossier du juge Lordaens, et ce qui aurait pu être le premier procès du genre en Europe, n'eut pas lieu. Péri Yorgensen, son souteneur, s'en tira avec cinq ans de prison, pour homicide par imprudence.

Mais l'on raconte sur le quai d'Amérique une bien triste histoire.

Le jour où la police emmena le corps de Margot à la morgue, toutes les sirènes des bateaux à quai se mirent à siffler, et tous les marins ôtèrent leur bonnet, pour regarder partir le fourgon, au garde-à-vous.

Lorsqu'un amiral monte à bord de son navire de commandement, on le salue par un sifflet. Lorsque la Margot du port s'en alla du quai d'Amérique, elle eut droit à des dizaines de saluts, dans le port d'Anvers, à coups de corne de brume, c'était en janvier 1950.

AS-TU DES NOUVELLES DE MAMAN?
AS-TU DES NOUVELLES DE PAPA?

L'ÉGALITÉ à la naissance ne serait-elle qu'un vœu pieux?

Il s'appelle : Lecon, Jean Lecon. C'est un nom beaucoup plus difficile à porter qu'on ne l'imagine lorsqu'on est un petit garçon et que l'on va à l'école. Lorsqu'il rit, il y a toujours un petit malin pour s'exclamer : « Tiens, Lecon... rit. » Et d'autres plaisanteries du même genre.

D'autre part, Jean-Baptiste Lecon, son père, directeur financier d'une grosse entreprise, ne s'entend pas du tout avec sa femme Marie-Claude Lecon. Ils se disputent, se trompent et ne s'occupent pas du gamin qui grandit comme il peut dans l'ombre d'une nurse qui a d'autres chats à fouetter et sous la protection d'une vieille grand-mère gâteuse.

Lorsque Jean a quatorze ans, le père, Jean-Baptiste Lecon, part avec une femme de quinze ans plus jeune, laissant, magnanime, l'appartement à sa femme.

Trois mois plus tard, la mère, Marie-Claude Lecon, quitte à son tour le domicile sous prétexte qu'elle y a trop de souvenirs.

La nurse, dont les gages sont souvent impayés, disparaît à son tour. Il ne reste dans les huit pièces de la rue de la Faisanderie, quartier chic s'il en est, que le malheureux Jean Lecon avec sa grand-mère de plus en plus gâteuse.

Cet excellent départ dans la vie lui vaudra certains complexes : comme sa mère se remarie et que la nurse, envolée, s'occupe d'autres enfants, il lui reste l'impression qu'il n'est rien qu'un objet sans valeur, plus encombrant qu'autre chose, et le sentiment qu'il ne plaît pas aux femmes. Dame, comment peut-on plaire aux femmes quand on ne plaît pas à sa mère !

Un échec au baccalauréat en 1949 ajoute à son désarroi.

« Il ne me reste qu'une chose à faire, s'écrie-t-il en apprenant son recalage, m'engager dans l'armée. »

Jean Lecon se retrouve donc, en 1950, l'air doux et résigné sous des cheveux blonds coupés en brosse, dans les rizières d'Indochine, la mitraillette à la main.

Cet exotisme militaire ne le séduit pas du tout. Il écrit à sa vieille grand-mère : « Que diable suis-je venu faire dans cette galère ! »

Mais il n'est pas au terme de son engagement et peut d'autant moins quitter l'uniforme qu'il a conquis le grade de sergent : le voilà dans l'engrenage.

Après une dure campagne, Jean Lecon regagne

Saigon avec sa solde à laquelle il n'a pas touché. Plein de sous, il fréquente les lieux de plaisir et ce ne sont pas les petites entraîneuses qui manquent.

Dans une boîte de Dakao, il rencontre une poupée aux yeux bridés qui ne doit pas peser plus de quarante kilos mais possède la science des caresses. Lorsqu'elle lui dit : « Je t'aime... » avec son accent tonkinois, Jean Lecon fond comme un pain de glace au soleil.

Les militaires français l'appellent Mary-Lou. Sa façon de parler et son corps mignon séduisent si bien le jeune militaire qu'il l'écrit à sa grand-mère.

La pauvre vieille qui en est restée à la prise de la Smala d'Abd el-Kader par le général Bugeaud, l'exhorte à rompre tous liens avec cette indigène qu'elle imagine sans doute mâchant du bétel et charmant des serpents avec un turban sur la tête.

Mais il y a plus grave. Dans sa lettre, il demandait à la grand-mère : « As-tu des nouvelles de maman ? As-tu des nouvelles de papa ? »

Ceux-ci ne lui écrivent pas et se contentent d'un court message que la grand-mère est chargée de lui transmettre :

« Tu es encore un enfant, dit la mère, cette prostituée ne songe sans doute qu'à venir en France. J'espère que tu vas mettre fin tout de suite à cette liaison. »

« L'armée est peut-être le seul moyen de faire de toi un homme... écrit le père. Au lieu de fréquenter les entraîneuses et les boîtes de nuit, tu ferais mieux de te battre. »

Après la lecture d'une correspondance aussi

réconfortante, Jean Lecon sombre dans un mutisme profond.

« Qu'est-ce que tu as, chéri ? lui demande Mary-Lou. Tu ne m'aimes plus ? »

A vrai dire, il n'en sait rien. L'a-t-il jamais aimée ? A-t-il simplement cherché à s'étourdir dans ses bras ? Il comprend que même la belle vie à Saigon ne lui a rendu ni son équilibre ni sa confiance en la vie.

C'est pourquoi lorsqu'il apprend que son régiment doit repartir en opération pour cette guerre qu'il considère inutile et perdue d'avance, reniant son uniforme et ses galons, il déserte.

Cela devait arriver : voici Jean Lecon face à trois petits bonshommes souriant de leurs yeux en amande, qui le jaugent des pieds à la tête. Ce sont des hommes du général Giap, le grand chef des armées viet-minh. En Indochine, à cette époque, il n'y a pas de neutralité. Un déserteur passe forcément le rideau de bambous et se retrouve dans un camp ou dans l'autre...

« Comment vous appelez-vous ?

Un petit soldat jaune s'apprête à écrire la réponse sur un gros livre avec un crayon qu'il mouille sans cesse entre ses lèvres.

« Pierre Laville...

— Hi... Hi... Hi... font les petits soldats jaunes. Ce n'est pas vrai ! Vous êtes sergent et vous vous appelez, euh... Jean... comment ça se prononce ?

— Lecon... Jean Lecon. »

Après quelques rires étouffés, les jaunes redeviennent sérieux et menaçants :

« Puisque vous avez quitté les criminels impérialistes, vous allez apprendre avec nous une autre vie. »

Et voilà Jean Lecon aux mains d'instructeurs politiques qui vont lui enseigner la vérité communiste. Alternance de conférences qu'il écoute assis dans la boue, d'exercices physiques et de corvées épuisantes qui s'apparentent plus aux travaux forcés qu'à l'entraînement d'une jeune recrue.

Jean Lecon n'a pas trahi son drapeau pour se battre dans un autre camp, mais parce qu'il n'avait plus envie de faire la guerre. Il oppose une telle force d'inertie que malgré tous les lavages de cerveau, les Viet-Minh renoncent à en faire une recrue intéressante et l'envoient perdre quinze kilos sucés par des sangsues, dans un camp de prisonniers.

Bien sûr, il écrit à sa grand-mère : « As-tu des nouvelles de maman ? As-tu des nouvelles de papa ? », mais les lettres n'étant pas remises à la Croix-Rouge, ne parviendront jamais rue de la Faisanderie.

Devant le Tribunal militaire de Saigon qui le juge après l'armistice, véritable sac d'os sous ses cheveux en brosse, Jean Lecon n'a rien d'un dur à cuire dans son uniforme retrouvé de sergent de la Coloniale. Il a plutôt l'air doux et résigné des jeunes gens à qui la chance n'a jamais souri.

« Vous vous appelez, Jean... » Là, l'officier qui préside le tribunal marque un temps d'arrêt et ses sourcils se dressent en accent circonflexe... « Le... Lecon... »

C'est en spectateur que le triste garçon va participer à son procès pour désertion car la sentence ne peut être pire que celle qu'il vient de connaître. Dès que les Viets l'ont remis aux autorités françaises, il s'est empressé d'écrire à sa grand-mère rue de la Faisanderie : « As-tu des nouvelles de maman ?... As-tu des nouvelles de papa ? » La réponse est revenue comme une balle.

« Ton père et ta mère sont au courant de ce que tu as fait, écrit la vieille. Ils n'ont rien à dire. Ils ne veulent plus te connaître. »

En post-scriptum, tout de même, la vieille ajoutait : « Si tu as maigri de quinze kilos, j'espère que tu manges bien et que tu reprendras du poids. »

Dans un brouillard, Jean Lecon voit trois officiers s'agiter derrière une table : l'un pour l'accuser, l'autre pour le défendre et le troisième pour arbitrer le tout d'un air embarrassé : quatre ans de prison.

Dans sa cellule, Jean Lecon écrit encore une fois à sa grand-mère : « As-tu, grand-mère, des nouvelles de maman ? As-tu des nouvelles de papa ? Si tu les vois, dis-leur simplement que je paie et que je leur demande pardon. »

Mais Jean Lecon n'est pas au bout de ses tribulations, ce n'était jusqu'ici qu'un avant-goût.

Le 4 septembre 1955 il est embarqué à Saigon sur le navire suédois *Anna-Salem* avec cent huit autres condamnés militaires, ramenés en France pour y purger leur peine. Sur ce bateau suédois dont l'équipage est en majorité constitué d'Italiens et d'Allemands, s'installe également un fort contingent de gendarmes chargés de garder les prisonniers. La première partie du voyage s'effec-

140

tue sans incident. Accablés par la chaleur dans les entreponts, les détenus semblent résignés. Pourtant, de mystérieux chuchotements parcourent le navire. Leur torpeur n'est qu'apparente.

Jean Lecon qui vient de voir un de ses compagnons de misère jetant autour de lui des regards circonspects, discuter à voix basse avec un codétenu, n'y tient plus :

« Qu'est-ce qu'il se passe ? De quoi parlez-vous ? »

L'autre, une sorte de colosse au crâne rasé, au visage large, aux lèvres épaisses cachant une bouche édentée, l'examine des pieds à la tête. Il estime sans doute pouvoir lui faire confiance puisqu'il lui répond, bien qu'avec un certain mépris :

« Ben quoi. T'as pas compris ? On approche du canal de Suez. Et c'est pas large le canal de Suez...

— Et alors ?

— Ben alors. On pique une tête dans le canal. On gagne la rive à la nage. Et hop... On disparaît dans le désert !

— Vous serez poursuivis...

— Par qui ? Tu parles, c'est pas les Egyptiens ou les Arabes qui vont mettre leur grain de sel !

— Mais les gendarmes français ?

— Sûrement pas. Ils n'ont pas le droit de quitter le navire et encore moins de nous poursuivre à terre.

— Et qu'est-ce que vous ferez après ça ?

— T'inquiète pas. Pour des gars comme nous, en Egypte comme en Arabie, il y a de l'embauche.

Le 25 septembre 1955 l'*Anna-Salem* jette l'ancre en rade de Suez pour y attendre toute la nuit le moment de s'engager dans le Canal. La jetée est à moins de 1500 m et l'on distingue parfaitement les lumières de la ville.

A cinq heures trente, la patrouille des gendarmes fait sa ronde habituelle. Les détenus paraissent dormir...

Vingt minutes plus tard, la mutinerie éclate : Jean Lecon voit les révoltés bondir hors de leur grabat vers la porte et le pont. Ils sont prêts à tout, les uns brandissent des armes ou des matraques confectionnées avec les moyens du bord; d'autres encore portent des morceaux de savon dans le but sans doute de faire glisser les gendarmes sur le pont de bois.

Au passage, le colosse au crâne rasé qui brandit un extincteur, apostrophe Jean Lecon :

« Alors, tu viens ?

— Tu crois que ça va réussir ?

— Bien sûr. Et qu'est-ce que ça peut faire, si tu es un homme ? L'important c'est d'essayer. »

Comme à regret, Jean Lecon se lève et le suit.

L'assaut est irrésistible. Les gendarmes doivent battre en retraite car ils n'ont pas le droit de faire usage de leurs armes. Malgré tout, quelques coups de feu éclatent.

Finalement, trente-six détenus dont Jean Lecon, qui a suivi le mouvement sans participer à la mutinerie, réussissent à plonger dans les eaux de la mer Rouge.

« Fais gaffe aux requins ! » lui crie le colosse au crâne rasé.

Jean, vêtu d'un short kaki et d'un tricot de peau, excellent nageur, plonge sous l'eau à plusieurs reprises pour éviter les balles que les gen-

142

darmes, restés à bord de l'*Anna-Salem*, se sont enfin décidés à tirer.

C'est au moment où il va prendre pied à terre en compagnie du colosse au crâne rasé qu'une vedette de la police égyptienne, attirée par les coups de feu, leur lance une bouée.

Hissés à bord, ils sont conduits dans un baraquement militaire pour y être longuement interrogés par un officier qui parle admirablement le français :

« Comment vous appelez-vous ? »

Et ça recommence : ...

« Jean... Jean Lecon...

— Comment dites-vous ?

— Lecon : L... e... c... o... n. »

Après cet interrogatoire, les prisonniers sont transférés au Caire par la police égyptienne.

Dès leur arrivée, dans l'immense ville chaude et poussiéreuse, ils sont conduits au bureau d'Allal el Fassi, leader marocain en exil. C'est un homme alors célèbre, chef de l'Istiqlal, mouvement politique en rébellion contre la France, il leur déclare aussitôt :

« Déserteurs et maintenant évadés, votre avenir en France me semble des plus compromis. D'ailleurs, même ici, on vous regarde d'un sale œil. Qu'est-ce que vous avez l'intention de faire ? »

Le pauvre Jean Lecon, qui n'en a aucune idée, hausse les épaules et interroge Becker son compagnon :

« On ne sait pas encore... répond celui-ci.

— Moi, auprès des autorités égyptiennes, explique Allal el Fassi, je pourrais vous aider beaucoup. Seulement : donnant, donnant...

— Et qu'est-ce que vous voulez qu'on vous donne ? demande le dénommé Becker.

— Vous ? Rien. Mais avec votre ami je suis prêt à passer un marché. »

Jean, qui se méfie, fronce les sourcils.

« Voilà, explique le chef de l'Istiqlal. Sous un autre nom, parce que le vôtre est impossible, vous allez parler à la radio du Caire.

— Pour dire quoi ?

— Vous direz que vous réprouvez les mesures de violence prises par la France en Algérie et que vous vous êtes évadé parce que vous ne voulez pas participer à la guerre contre les fellaghas.

— ... Vous hésitez ? Vous êtes partisan de cette guerre en Algérie ?

— Non. Mais je ne peux pas parler contre mon pays à la radio égyptienne.

— Même sous un autre nom ?

— Mon nom est ridicule, je sais. Mais c'est mon nom. Et je n'en changerai pas, surtout pour parler à la radio du Caire. »

Le chef de l'Istiqlal se lève :

« Alors, désolé, messieurs. Je ne peux rien faire pour vous. »

De sa prison du Caire, Jean Lecon écrit à sa grand-mère : « As-tu des nouvelles de maman ?... As-tu des nouvelles de papa ? »

Il reçoit une réponse : C'est la concierge de l'immeuble de la rue de la Faisanderie qui l'informe que sa vieille grand-mère est morte.

Le lendemain de cette réponse, Jean Lecon est conduit devant un représentant des services secrets égyptiens :

« Avec votre camarade Becker, leur dit-il, nous allons vous envoyer en Israël. Nous avons besoin d'y connaître les déplacements de troupes et de matériels. En tant qu'Européens, vous ne courez pas de graves dangers. A votre retour en Egypte, vous recevrez une somme importante payée en dollars, et si vous le désirez nous vous fournirons les moyens d'aller refaire votre vie en Amérique du Sud... Sinon...

— Sinon quoi ?

— Sinon, vous passerez en jugement pour espionnage devant un Tribunal militaire égyptien. »

Jean Lecon et Becker ont accepté : Comment faire autrement ? Après trois mois d'entraînement au service secret, ils sont conduits par une sombre nuit de décembre à la frontière israélo-égyptienne avec de faux papiers. Vêtus avec élégance, ils peuvent passer aux yeux des policiers du président Ben Gourion pour d'honnêtes touristes.

Seulement, Jean Lecon, pas du tout décidé à remplir cette mission, convainc facilement son ami Becker de se présenter aux autorités israéliennes.

Et ça recommence...

« Comment vous appelez-vous ? demande l'officier de renseignements.

« Jean. Jean Lecon...

— Comment dites-vous ?

— Lecon... L... e... c... o... n. »

Lorsque le pauvre garçon raconte son histoire, l'officier le prend tout d'abord pour un fou. Il a dû recevoir, au brûlant soleil du désert du Néguev, un sérieux coup de bambou.

Pourtant, les précisions qu'il fournit, les détails

de leurs pérégrinations, les instructions que leur ont données les Egyptiens, les promesses qu'on leur a faites s'ils menaient à bien leur mission, finissent par intéresser sérieusement les autorités israéliennes.

Pendant deux jours, celles-ci leur posent des questions. Pendant deux jours, ils répondent.

Jean Lecon profite de son séjour en prison pour écrire à la concierge de la rue de la Faisanderie : « Avez-vous des nouvelles de ma mère ? Avez-vous des nouvelles de mon père ? »

Le 16 janvier 1956, une mesure d'extradition ayant été décidée à son égard, il est remis au Consulat de France à Tel-Aviv qui le fait embarquer sur le premier bateau en partance pour Marseille.

A la prison des Baumettes, terminus de l'aventure, l'avocat désigné d'office découvre un pauvre garçon fiévreux et monté en graine qui lui demande aussitôt :

« Est-ce que je pourrais avoir des nouvelles de ma mère et de mon père ? »

Lorsqu'il entre dans la salle du tribunal des Forces Armées de la 9e région pour y être jugé de son évasion, Jean Lecon ne voit qu'eux : son père et sa mère.

Cheveux blancs, tailleur sombre et discret, collier de perles, Mme Lecon — devenue Mme Delaporte — assise au premier rang regarde, sans réaction visible, apparaître son fils.

Le père, c'est la statue du commandeur sur les épaules duquel on aurait jeté un pardessus mastic. Ses cheveux gris coiffent soigneusement son crâne de marbre blanc. Car tous deux sont blancs de honte, sinon de remords ou d'émotion.

« Dire qu'il a fallu à ce malheureux ce cycle extraordinaire de tribulations pour que ses parents soient enfin réunis devant lui et pour lui ! s'exclame l'avocat. Il est vrai qu'ils lui ont tout donné : la vie, un grand appartement vide, comme éducatrice une grand-mère gâteuse de quatre-vingt-sept ans, les bonnes manières et surtout un nom. Peut-être qu'en donnant à ce fils un bien aussi précieux que ce nom, son père a cru avoir fait l'essentiel. Mais non, l'essentiel, pour un père, ce n'est pas de donner à son enfant son nom quel qu'il soit, c'est de lui apprendre à le porter. »

La plaidoirie passionnée de l'avocat, le réquisitoire modéré du commissaire du gouvernement incitent le Tribunal à la clémence : trois mois de prison qui s'ajoutent aux trois années qui lui restaient à purger.

Jean Lecon incline la tête en signe de remerciement. Qui veut-il remercier ? Le tribunal ? Ou ses parents ? Pour s'être souvenus au moins une fois qu'il existait...

LES PLUS VIEUX AMOUREUX
DU MONDE

Nom d'une pipe, il a du souffle Georges Choate ! Voilà vingt secondes qu'il arrondit la bouche et, depuis vingt secondes, sa poitrine n'en finit pas de s'abaisser. Jamais, le plafond de cette petite salle de concert de Dublin en Irlande ne répercutera une note aussi longtemps soutenue. Pilier bénévole de la chorale de la société symphonique, Georges Choate a vingt ans, le front haut, une forte stature, des cheveux blonds et bouclés. Luisa Stow le regarde, pleine d'admiration.

Elle a vingt et un ans, elle est blonde aussi et très belle. Depuis des semaines, elle faisait semblant de ne pas remarquer qu'il la dévorait des yeux, mais ce dimanche ils se sont trouvés côte à côte, chantant la partie chorale de *L'Hymne à la Joie*. Elle n'a pu s'empêcher de lui rendre son sourire. Maintenant, tout en chantant, ils lisent dans leurs yeux un bonheur réciproque.

Georges l'attend dehors, lui propose de regagner ensemble, à travers champs, le faubourg de Dublin où ne circulent alors ni automobiles, ni autobus, et bientôt ils éclatent de rire en s'apercevant qu'ils demeurent à cent mètres l'un de l'autre, dans la même rue.

Cela se passe en juin 1913. Georges Choate et Luisa Stow s'aiment passionnément. Ils vont donc vivre un été merveilleux de promenades aux environs de Dublin, de roucoulades et de déambulations nocturnes.

Mais un jour, le père et la mère de Lisa attendent la jeune femme au retour d'une de ses promenades.

« D'où viens-tu ? » demande Mme Stow.

C'est une femme aimable, à la coiffure bien ordonnée, aux vêtements de bon goût, simples et stricts comme le mobilier de sa maison où même avec une loupe, on ne trouverait pas un brin de poussière.

« Alors, d'où viens-tu ? demande Mme Stow.

— Je viens de faire une promenade.

— Avec Georges Choate ?

— Oui, mère. »

Le visage de Mme Stow s'est brusquement fermé. Elle se tourne vers son mari, lui faisant comprendre que c'est à lui de parler. M. Stow, pasteur anglican, est raide comme la justice, raide comme son col dur :

« Luisa, nous n'avons pas voulu intervenir jusqu'à présent, mais nous y sommes obligés maintenant. Il y a trop longtemps que tu vois ce garçon et trop souvent. Comme c'est un catholique, cette fréquentation est sans issue... Tu me comprends, n'est-ce pas ? C'est bien ton avis, Luisa ? »

A vrai dire, non. Luisa ne comprend pas très bien. Et ce n'est pas tellement son avis. Mais quand on est en 1913 à Dublin, la fille d'un pasteur, il n'est pas nécessaire de comprendre pour s'incliner et pour répondre :

« Bien, père... Comme tu voudras. »

Quelques semaines plus tard, Georges Choate prononce la phrase fatale :

« Luisa, veux-tu m'épouser ? »

La jeune fille regarde tomber les feuilles rouge et or et réfléchit. Depuis longtemps, elle attendait cette proposition. Elle l'attendait avec terreur, car elle était bien résolue à dire : « Non. »

Elle voulait dire « non » parce que, selon ses parents, ce n'est pas possible.

Mais, maintenant qu'il lui pose la question, elle n'ose plus répondre.

Alors lui, qui était tellement sûr, tellement persuadé qu'elle allait sauter dans ses bras en pleurant de bonheur, voyant qu'elle hésite, il sent le sol se dérober sous ses pieds. Il ne dit pas un mot, il pâlit, fait demi-tour, et disparaît.

Ce jour-là, les parents de Georges Choate l'attendent dans la cuisine de leur petite maison.

M. Choate, docker dans le port de Dublin, visage rouge brique et casquette de travers, boit un grand coup de bière et s'essuie les lèvres sur sa manche retroussée.

« D'où viens-tu, mon garçon ? »

Georges hausse les épaules.

« Tu le sais très bien.

— Tu étais avec la petite Stow ?

— Oui. »

Le père, gêné, regarde sa femme. Il voudrait bien qu'elle l'aide un peu. Mais Mme Choate continue de préparer le dîner, laissant son mari patauger.

« Ta mère et moi, dit celui-ci, on est un peu inquiets, n'est-ce pas maman ? »

Mme Choate acquiesce d'un signe de tête.

« On est inquiets pour toutes sortes de raisons. D'abord, cette petite est protestante. Ensuite, nous n'avons pas le sou et tu n'as pas de situation. Alors, tout cela ne mène à rien. N'est-ce pas maman ? »

Mme Choate pose une casserole sur la cuisinière, attise le feu, et se retourne vers son fils :

« Ton père a raison, Georges. Tu dois cesser de voir cette jeune fille. »

Devant l'air catastrophé de son fils, le père avance une main pour lui taper gentiment sur l'épaule :

« Ce n'est peut-être pas définitif, fiston. Mais pour le moment, reconnais que ça n'est pas raisonnable, fais-toi d'abord une situation. Après, on verra. »

Au cours de l'hiver, Georges Choate va écrire cependant un petit mot à Luisa Stow pour lui faire savoir qu'il ne l'a pas oubliée, qu'il ne peut pas et ne pourra jamais l'oublier. Il lui donne rendez-vous sur le port, un matin, à huit heures.

Luisa ne devrait pas y aller, mais elle l'aime. A huit heures, la voilà donc sur le quai, mais devant un navire en partance pour l'Australie, et Georges est là pour s'embarquer.

« Tu vois, dit Georges, je m'en vais.

— Où vas-tu ?

— En Australie. Il paraît que là-bas je trouverai facilement du travail. Je dois me faire une situation. »

Peut-être, attend-il qu'elle le supplie de rester. Peut-être, espère-t-il qu'elle va partir avec lui. Luisa, annihilée, indécise, pense à ses parents, à lui, à elle, et ne bouge pas.

Elle le voit monter sur la passerelle, disparaître dans la coursive. Pour Luisa, le monde n'existe plus. Il ne lui reste plus qu'à pleurer, à pleurer longuement sur ce quai tandis que le bateau s'éloigne jusqu'au moment où, sur ce quai, dans le crachin, il ne reste plus qu'elle.

Quand le bateau devenu tout petit point noir s'efface brusquement, Luisa comprend qu'elle vient de commettre une terrible erreur.

Malgré la distance, ils vont s'écrire souvent dans les mois qui suivent. Mais Georges ne lui dit pas la vérité. Non seulement il n'a pas trouvé la terre promise au bout de son voyage, mais il ne trouve même pas à s'employer dans son métier d'ouvrier du bâtiment. Il vit dans la misère la plus totale.

Mais il pense que si Luisa ne l'aime pas assez pour l'épouser, elle éprouve sûrement une amitié sincère. Alors pour ne pas la chagriner, il lui laisse croire que ses affaires ne vont pas trop mal, et même qu'il est heureux. En réalité, il crève de faim et dort n'importe où.

Aussi, lorsque Luisa, brusquement, propose de venir le rejoindre en Australie, il ne peut répondre que par une lettre évasive.

Entre les deux amoureux mutuellement déçus, l'un en Australie, l'autre en Irlande, les lettres se font plus courtes, plus rares.

Mais il ne se trouve pas d'exemple d'homme

intelligent et courageux ne réussissant pas dans un pays neuf, quelles que soient les difficultés qu'il rencontre. Après plusieurs années d'efforts tenaces, Georges parvient à monter une affaire de transport et la grossit un peu plus chaque saison jusqu'à ce qu'elle devienne une des plus importantes de sa province.

Une fois ou deux, Georges écrit à Luisa. Mais ses lettres restent sans réponse. Il peut y avoir à cela plusieurs raisons.

Luisa ne lui a peut-être pas pardonné son refus lorsqu'elle le croyait déjà tiré d'affaire. Peut-être s'est-elle mariée. Puis la guérilla venant d'éclater en Irlande, peut-être est-elle gagnée par la haine qui, désormais, oppose les catholiques et les protestants.

Enfin, sans doute a-t-elle quitté l'Irlande du Sud pour se réfugier en Ulster, l'Irlande du Nord.

Alors, Georges se marie. Il épouse une jeune fille de Tasmanie qui s'avère une épouse modèle et lui donne deux enfants.

Trente années passent ! Presque une vie et Georges Choate perd sa femme. Il a soixante ans.

Dix années plus tard, son fils aîné, qui a repris la direction de l'entreprise familiale, au retour d'un voyage en Angleterre vient lui rendre visite dans son grand château vide de Camberra, aux environs de Sydney.

« Alors, papa, ça va ?

— Ça va...

— Tu ne t'ennuies pas trop ? »

Car le fils n'ignore pas que, tant qu'il pouvait aider ses enfants, la solitude de son père ne lui pesait pas trop. Mais maintenant qu'ils sont mariés ces enfants, il doit se retrouver terriblement seul. Et Georges un jour, en veine de confidences, a raconté à son fils le grand amour de sa vie.

Après avoir hésité quelques instants, le fils prend son courage à deux mains :

« Pourquoi est-ce que tu ne te remarierais pas ? »

Le vieux Georges hausse les épaules.

« Il faut que je te dise, papa. Pendant que j'étais en Angleterre, j'ai été faire un saut à Belfast. »

Le vieux Georges se redresse et fronce les sourcils.

« Ne m'en veux pas, papa. Je ne voulais pas m'occuper de ce qui ne me regarde pas, mais j'ai voulu savoir si cette femme dont tu m'as parlé un jour, vivait toujours et ce qu'elle était devenue. »

Georges Choate a pâli.

« Tu as fait ça !

— Oui, je l'ai fait. Et je l'ai retrouvée. Seulement, elle ne vit plus à Belfast, mais à Clacton-on-sea dans l'Essex.

— Et tu l'as vue ?

— Oui papa, et j'ai été bouleversé.

— Pourquoi ?

— Quand je suis entré, dans le salon, sur la commode, il y avait ta photo... Parce qu'elle n'a jamais cessé de t'aimer, papa. Elle ne devait pas être une femme à aimer deux fois. Elle ne t'a pas oublié. Et elle ne s'est pas mariée. Le jour où elle a appris accidentellement par ton cousin que tu avais épousé maman, elle est partie vivre chez sa

154

sœur. Dans sa chambre, sur le mur, il y a une photo de toi qu'elle a fait agrandir. Mais depuis cette photo, évidemment, tu as bien changé. Elle aussi, hélas! Alors voilà, papa. Je voulais te dire... Enfin, j'ai pensé que peut-être, tu pourrais lui envoyer un petit mot... »

Le soir même, Georges, d'une main tremblante, écrit à Luisa directement de son grand château vide. Autour de lui, on va se moquer un peu, on va sourire en cachette, mais qu'importe!

Il ose l'incroyable : il la demande en mariage.

Douze jours plus tard, il reçoit sa réponse :

« Pendant cinquante-deux ans, je n'ai cessé de penser à toi. Chaque soir, je ferme les yeux en essayant de m'imaginer ce que tu es devenu. Oui, je t'aime toujours. Je n'ai pas honte de te le dire, même si on trouve cela très bête. Tu as été bien long. Mais cette fois, si tu veux m'épouser, viens me chercher en Angleterre. »

Le 1er janvier 1963, lorsque le *fair sea*, transatlantique de 12 000 tonnes, venant d'Australie après trois semaines de navigation, émerge du brouillard devant le port anglais de Southampton, il y a, dans une cabine de première classe, peignant soigneusement ses cheveux blancs, un vieillard de soixante-dix ans : plus jeune peut-être que les gamins qui dansent sur le pont, bâti comme on dit à chaux et à sable. Il va connaître à soixante-dix ans, aux premiers jours d'une année nouvelle, la plus grande émotion de sa vie.

Là-bas, en effet, derrière le brouillard, sur les quais luisants, une femme doit l'attendre. Elle n'est pas jeune, bien sûr, elle est même d'un an son aînée, mais il n'en éprouve que plus de tendresse. Par le hublot, Georges voit défiler les jetées de Southampton et le phare au garde-à-vous qui salue le navire, tandis qu'un pêcheur enragé, négligeant sa ligne, fait de grands signes de bras.

Derrière lui, dans la cabine, ses malles et ses valises bouclées attendent. Saura-t-elle le reconnaître ? Et lui, saura-t-il la deviner dans la foule ? Et que vont-ils ressentir l'un en face de l'autre ? En se retrouvant, usés, raidis, ridés et blanchis.

Soudain, derrière la jetée qui pivote sur la mer comme une porte immense, le port s'ouvre jusqu'au cœur. Alors, Georges pense qu'il est en train de faire une folie.

Lorsqu'il débouche sur le pont du *fair sea*, la ville, grise, enserre déjà le navire dans une muraille.

Le brouillard et le crachin noient les contours des maisons, des docks et des quais. Ces quais sur lesquels une foule se presse, dans laquelle Luisa, vieillie, guette peut-être et attend. L'eau sale, épaisse, où le mazout dessine des arcs-en-ciel, s'ouvre sans bruit devant l'étrave. A l'avant, le remorqueur peine comme un esclave trop petit pour sa tâche. Blanc comme un linge, transi de froid, George relève le col de son pardessus. Le quai se rapproche, on voit les manœuvres du port tout le long du quai. Une foule, immobile dans le froid, regarde, les yeux levés sur la masse du navire qui manœuvre. Georges essaie de reconnaître, de deviner Luisa. Mais il a beau sortir ses jumelles pour scruter chaque silhouette, il va bientôt les laisser retomber dans un geste de

156

déception brutale. Luisa n'est pas dans cette foule qui lève les bras, appelle et hurle des prénoms. Penchés aux bastingages, les passagers dominent maintenant les quais de plusieurs mètres, et la foule qui bat la semelle sur les pavés tourne vers eux des visages blafards mais souriants, levés à en attraper le torticolis.

Un peu en arrière, Georges sent les larmes lui monter aux yeux. Pourquoi est-il venu de si loin puisque personne ne l'attend ? Puisque personne, nulle part, ne l'attendra plus jamais ? Luisa était sa dernière chance. De toutes parts, le navire craque, les treuils, dans un bruit de ferraille, tirent sur les câbles et déjà la passerelle s'abaisse doucement sur le quai.

A peine touche-t-elle le pavé que des gens se précipitent pour se jeter dans les bras qui s'ouvrent devant eux. Georges est descendu l'un des derniers, lorsqu'à l'entrée de la passerelle, un homme lui touche l'épaule :

« Monsieur Georges Choate ? On m'a prié de vous remettre ce message... »

Georges arrache l'enveloppe, l'ouvre et la lit, tandis qu'autour de lui, les gens passent, virevoltent, le poussent et lui marchent sur les pieds. Il lit :

« Georges, mon bien-aimé. As-tu suffisamment songé à ce que je suis devenue ? Tu cours peut-être au-devant d'une grande désillusion. Lorsque tu seras en face de moi, peut-être sentiras-tu le besoin de renoncer à ton projet et tu n'oseras plus le faire. Ce serait trop atroce. Il est encore temps de disparaître en te mêlant à la foule. Sinon, viens, je t'attends, je suis dans un taxi près de la grille. »

Là-bas, en effet, derrière les grilles, un taxi attend, mais les vitres, levées, ne laissent rien paraître.

Le vieil homme a descendu la passerelle, le cœur battant, il marche maintenant vers la grille sans même voir où il met les pieds, si bien qu'il trébuche sur un trottoir. Peut-être l'a-t-elle reconnu ? Peut-être le regarde-t-elle venir à elle ?

Il est tellement ému qu'il pense un instant faire demi-tour ou passer sans s'arrêter devant le taxi.

Puis, comme il s'approche, ralentit et cherche à deviner une silhouette derrière la vitre, la portière s'ouvre brusquement et une voix qu'il ne reconnaît pas l'appelle :

« Georges... »

Une femme avec des lunettes à monture d'acier, tenant à la main une photo jaunie, saute du taxi.

Ils s'avancent l'un vers l'autre, sans rien dire. La femme a retiré ses lunettes, et c'est là que se produit, non point le miracle, mais la chose la plus normale du monde : comme ils se regardent dans les yeux, ils oublient subitement qu'ils sont vieux et se sourient ainsi qu'autrefois lorsqu'ils chantaient *L'Hymme à la Joie* dans la petite salle de concert de Dublin.

Ils sont tout simplement Luisa et Georges. Le reste n'a pas d'importance. Luisa se jette à son cou. Lui gauchement, l'embrasse sur l'oreille en murmurant :

« C'est fantastique... Luisa, c'est fantastique...

— Oui, Georges... Il y a si longtemps et j'ai l'impression que c'était hier... »

158

Et les voilà pleurant tous les deux sans s'apercevoir que le chauffeur de taxi, ému, se mouche bruyamment, que les badauds ralentissent leur pas pour mieux voir, pour mieux admirer, pour mieux envier ces deux vieillards qu'un amour tenace a sauvé de la solitude.

LE JOUEUR

CET homme qui traverse les bureaux de l'immense société qu'il préside, cet homme qui sourit à une secrétaire et plisse des yeux malins vers ses interlocuteurs, cet homme qui entre en conseil d'administration comme un acteur sur une scène, cet homme-là, joue avec les milliards.

Quarante-cinq ans, beau comme une couverture de magazine, la ride intelligente, le regard clair, cet homme joue aussi avec la mort.

Il s'appelle Théo S., P.-D.G. d'une chaîne d'usines alimentaires en Allemagne Fédérale. On dit de lui qu'il est dur en affaires, et que sa femme est ravissante.

Ce à quoi il répond volontiers : « Les femmes ne sont pas ravissantes, elles sont amoureuses, et je ne suis pas dur en affaires, je suis riche. »

Ainsi, en est-il au printemps 1967. Théo est riche, sa femme Maïa est amoureuse, et dans leur grande maison de Düsseldorf au confort ouaté, ils vivent intensément cette richesse et cet amour. Théo écrase son cigare, il est fatigué, et annonce à sa femme qu'il va se coucher, mais demande en même temps :

« A propos, où est ta fille ? »

Pourquoi « à propos » ? Quel rapport y a-t-il entre la fille de sa femme et le fait qu'il aille se coucher ? Héléna est l'enfant d'un premier mariage de Maïa. Lorsqu'elle a épousé Théo, sa fille avait à peine un an. Elle en a douze, à présent, et c'est une enfant curieuse, un peu trop blouson noir pour son âge et sa situation.

Maïa s'étonne :

« Tu t'occupes d'Héléna à présent ?

— C'est la moindre des choses, puisqu'elle s'occupe de moi ! »

La mère a un regard surpris, et un peu inquiet. Ce regard vert est étonnant, Maïa est une femme vraiment très belle. Son mari en est conscient, mais il semble considérer la chose comme tout à fait normale. Lorsqu'on est riche, on a droit aux belles choses, c'est tout simple. Et si cette belle chose est une femme, elle est amoureuse de vous, puisque vous êtes riche !

Théo se retourne vers sa femme, avant de disparaître dans sa chambre, et annonce sur un ton uni :

« Ta fille rêve de me tuer depuis longtemps !

— Qu'est-ce que tu dis Théo ? Tu es fou ?

— Oh ! non, et tu le sais bien. Ta fille m'appelle le vieux coffre-fort ! Elle raconte à qui veut l'entendre qu'un jour elle déboulonnera l'essieu de ma voiture, à moins qu'elle apprenne à trafiquer la direction, ce qui n'est pas exclu !

— Théo ! Elle n'a que douze ans, ce sont des plaisanteries...

— Bonne nuit ma chérie. »

Cette nuit-là, a lieu la première tentative d'assassinat contre Théo S. Il dort seul, comme d'habitude. Maïa est dans sa chambre. Vers minuit, dans le salon, deux ombres se glissent silencieusement vers l'étage.

Héléna, douze ans, crinière de lionne et regard de femme, est vêtue d'un jean et d'un blouson, elle marche pieds nus, en tirant derrière elle un immense câble électrique, terminé par une fiche.

A ses côtés, une silhouette mince, celle de Dieter, vingt-cinq ans, l'amant de sa mère, depuis cinq ans déjà.

C'est lui qui a branché le câble, sur une ligne à haute tension, à l'extérieur de la propriété. Ils passent devant la porte de Maïa, toujours en silence et traînant leur engin de mort.

C'est Héléna qui ouvre la porte de la chambre de son beau-père, et avance la première. Elle observe un moment l'homme qui dort, puis chuchote à son complice :

« Allez, vas-y... »

Dieter avance à son tour, tenant l'extrémité de la fiche électrique. Il s'agit de l'appliquer sur la peau nue du dormeur, et de s'enfuir.

Un juron échappe à l'assassin, et la petite Héléna se précipite vers lui, en chuchotant :

« Qu'est-ce qu'il y a ?

— Le câble est trop court !

— Imbécile ! donne-moi ça !

— Qu'est-ce qu'on fait maintenant ? »

Dieter semble désemparé et demande l'avis de sa complice de douze ans qui le lui donne avec autorité.

162

« Prends l'oreiller, écrase-lui le visage avec, il étouffera... »

Dieter a un moment d'hésitation, lorsqu'une troisième silhouette furtive et chuchotante apparaît. C'est Maïa, la mère.

« Qu'est-ce que vous faites ? Ça ne va pas ? »

Et sa fille lui répond d'un ton autoritaire :

« Rentre dans ta chambre ! On n'a pas besoin de toi ici ! »

Maïa obéit à ce petit monstre en pantalon qu'elle a mis au monde il n'y a pas si longtemps. Et les deux assassins déconfits restent seuls. Leur future victime n'a pas bougé. Théo dort profondément, torse nu, et immobile.

La petite fille baisse les bras, et fait signe à son compagnon.

« Viens ! On n'y arrivera pas ce soir. Allez viens ! »

Et les deux ombres se retirent sur la pointe des pieds.

Le lendemain, au petit déjeuner, Théo embrasse sa femme, le sourire aux lèvres et fraîchement rasé.

« Bien dormi ? Pas de cauchemar ? Tu es très belle ce matin, un peu pâle, mais ça te va bien. »

Et il s'en va. Sait-il ? A-t-il compris ? C'est la question que se posent les trois assassins en puissance, et que se pose également l'observateur.

Quelques mois après cette première tentative d'assassinat ratée, Maïa et son amant Dieter discutent de la prochaine. Ils sont réunis dans le salon, à deux mètres de la photographie de l'industriel, de l'époux milliardaire, qui sourit dans un cadre d'argent massif.

Maïa étale une revue sur ses genoux, et explique son idée à Dieter :

« Il s'agit d'un poisson japonais, il s'appelle le Fugu. On dit qu'il ne peut être préparé que par des cuisiniers professionnels et qui disposent d'une licence spéciale. Ce poisson est pêché au Japon, et sa chair est très raffinée, mais il contient un poison mortel dans les viscères... »

Dieter hoche la tête d'un air intéressé.

« Je connais un restaurant japonais à Düsseldorf. Le *Nipponkan*, je peux essayer d'en avoir un !

— Le cuisinier se méfiera, et puis ils n'ont peut-être pas ce poisson en Allemagne.

— C'est possible, mais il y a sûrement un moyen. Si je me faisais passer pour un étudiant en chimie ? »

Une semaine plus tard, en effet, Dieter entre en contact avec le cuisinier du *Nipponkan*. Le cuisinier, un homme courtois et poli de trente-huit ans, s'appelle Onozura, et il écoute le jeune homme en souriant.

« C'est exact, ce poisson est bien connu chez nous, c'est un mets de roi au Japon, les vrais gastronomes prétendent qu'il procure une chaleur particulière. Mais s'il est mal tué, le poison provoque une paralysie des nerfs moteurs, et c'est la mort, au bout d'une heure ou deux. Il ne faut pas jouer avec ça...

— Vous en servez ici ? Je fais des travaux de chimie organique et j'aurais aimé travailler sur ce poisson. »

Le cuisinier a un sourire désolé :

164

« Ici, je ne sers pas de Fugu, cela coûte très cher à l'exportation, et la vente est rare au restaurant. Les Européens se méfient toujours, ils ne font pas confiance aux cuisiniers japonais.

— Comment faire alors pour m'en procurer un ?

— C'est facile, si vous avez de quoi payer. Il y a une société d'import-export, qui fera cela pour vous. »

Muni de l'adresse indiquée par le cuisinier, Dieter passe sa commande, en se prétendant toujours étudiant en chimie. Et trois semaines plus tard, un Fugu congelé arrive à Düsseldorf, en provenance de Tokyo. Dieter va le dédouaner comme un simple objet d'art, et se précipite à nouveau chez le cuisinier du *Nipponkan*. Onozura prélève délicatement et selon les règles de l'art le foie et les reins du poisson, qu'il enveloppe soigneusement dans une poche de plastique.

« Voilà pour vous... attention à ne pas porter vos doigts à la bouche, mettez des gants, c'est préférable. »

Souriant, Dieter empoche le petit sac :

« Gardez le poisson ! et régalez-vous ! Au revoir. »

Le jour même, Maïa dissimule le petit sac dans le tuyau d'écoulement du balcon de la cuisine. Puis avant de passer à table, le soir, elle badigeonne de poison l'assiette de son mari, avec un pinceau.

Autour de la table, Maïa et la petite Héléna, silencieuses, attendent que Théo avale sa première cuillère de consommé. Dans le silence tendu que l'on imagine, la voix de Théo s'élève, calme :

« C'est curieux, cette assiette a dû être mal lavée, elle sent drôle... » Il appelle la bonne, qui devient rouge de confusion, et disparaît avec l'arme du crime. Théo avale le consommé dans une assiette sortie tout droit du buffet derrière lui. Il ne fait pas d'autre commentaire.

Avant de se coucher, Maïa appelle son amant au téléphone, depuis sa chambre.

« Ça n'a pas marché ! Je recommencerai demain... »

Elle a à peine raccroché, que son mari entre dans la chambre, souriant.

« Tu téléphonais ? Aurais-tu besoin d'un amant, par hasard, alors que je suis là ? »

Il plaisante ? Il a écouté la conversation ? Il sait que sa femme a un amant ? Il est au courant des tentatives d'assassinat ? Quoi qu'il en soit, il va passer la nuit auprès de sa femme, comme en terrain conquis et sans danger, alors qu'elle imagine déjà une nouvelle manière de le tuer.

Théo S. est tout à fait dispos le lendemain matin, à l'heure du petit déjeuner. Il s'apprête à avaler une tartine de miel, mais renifle avec intérêt son bol de flocons d'avoine.

« Maïa ma chérie ! Ce bol sent mauvais, abominablement mauvais ! Une odeur de poisson tu ne trouves pas ? Décidément je suis visé en ce moment. Qu'est-ce que c'est ? Ah ! j'ai compris, des flocons d'avoine fabriqués avec de la farine de poisson ! »

Furieux, l'industriel se lève, sans déjeuner, et à peine arrivé à son bureau, hurle à sa secrétaire :

« Trouvez-moi le fabricant de cette marque de

flocons d'avoine, je vais lui dire ce que j'en pense ? »

Et il le dit, cinq minutes plus tard, avec une telle autorité, que le fabricant qui connaît son interlocuteur de nom et de réputation, va s'affoler, et mettre sa chaîne de fabrication sens dessus dessous, pour résoudre un problème qui n'existe pas, et pour cause.

Pendant ce temps, Maïa découragée appelle son amant :

« Je laisse tomber, Dieter. Ça n'a pas marché. Et j'ai l'impression qu'il se moque de nous en plus. Il est sûrement au courant.

— Au courant que nous voulons le tuer ? C'est ridicule, voyons, aucun homme n'agirait comme lui, s'il avait le moindre doute ! Non, nous allons changer de tactique ! Fais-moi confiance. »

La nouvelle tactique consiste à se rendre chez le meilleur armurier de Liège et à acheter un fusil de petit calibre, avec viseur et silencieux.

Devant le fusil, Helena le petit monstre ricane :

« Et qui va tirer ? Dieter est complètement myope, et maman est incapable de viser à plus d'un mètre ! C'est ça votre nouveau truc ? Vous me faites rigoler. Engagez un professionnel ça sera plus sûr... »

Le professionnel est un petit truand, rencontré dans un bar mal famé. Contre la promesse de 40 000 marks, il accepte la proposition de Dieter.

« Veux-tu descendre un type pour moi ?

— D'accord. 5 000 marks d'avance. Où et quand ? »

Comme cela a l'air simple pour Dieter, assassin maladroit. Il se sent tout à coup très fort.

« Demain matin, voilà l'adresse. Le type fait

une promenade à cheval dans son parc, de sept à huit heures. Je t'attendrai près d'une petite porte à 200 mètres de l'entrée principale, disons à six heures. »

Le lendemain matin, à six heures, Dieter rejoint son tueur professionnel, avec l'arme. L'autre enfile ses gants d'un air compétent, et demande :

« L'avance ?

— Comment ?

— Les 5 000 marks, tu les as ? »

Dans son émotion, Dieter est parti sans l'argent, il fouille ses poches désespérément.

« Attends, je vais les chercher, et je reviens tout de suite, j'ai oublié mon portefeuille !

— Oublié hein ? Tu me prends pour qui ? C'est un coup fourré, c'est ça ? »

Et le petit truand jette l'arme dans les fourrés et salue son employeur :

« Je me retire de l'opération, c'est pas clair ! »

Voilà la quatrième tentative d'assassinat qui tombe à plat, tandis que Theo, ex-future victime, enfourche son cheval, et va respirer tranquillement l'air humide de ce petit matin de novembre. Cette fois, la rage s'empare des assassins maladroits. Le 2 février suivant, à la tombée de la nuit, deux tueurs à gages sont postés dans les sousbois, face à la villa de l'industriel. Ceux-là sont de vrais tueurs, de classe internationale. Dieter les a engagés très cher, après une longue recherche dans les milieux interlopes.

Ils s'appellent Felix Kauph et Martin Ortiz. Ils ont respectivement vingt-quatre et vingt et un ans, et travaillent avec leurs armes personnelles.

168

Le soir du 12 février 1970, Théo S. arrête sa voiture devant le portail du jardin, et descend pour l'ouvrir, comme d'habitude. Felix tire le premier, rapidement, trois balles coup sur coup. L'industriel s'effondre derrière sa voiture après une courte valse hésitation et les tueurs disparaissent.

Dans la maison, Maïa et sa fille Héléna ont sursauté. Cette fois, c'est fait. Le coup est réussi. Héléna secoue sa mère :

« Tu devrais courir dans le jardin, t'affoler, et appeler la police, sinon, ça paraîtra curieux... »

Maïa obéit. Cette jeune femme de trente-quatre ans obéit à sa fille, comme à un diable qui la dominerait.

Elle court dans le parc, se jette sur le corps de son mari en pleurant, et Theo ouvre un œil. Avec difficulté, car il a tout de même reçu deux balles dans le corps, mais les blessures ne sont pas mortelles, et il a encore la force de dire :

« Ils étaient deux, ils m'ont raté. Qu'est-ce que tu en dis ? »

Maïa est pâle comme une morte, mais elle appelle la police, il le faut bien. Sous le regard ironique de son époux, elle explique qu'elle ne sait pas ce qui s'est passé, qu'elle a entendu les coups de feu, etc. Mais la police a bientôt fait de découvrir l'existence de son amant, dont elle paie l'appartement, les vêtements, et jusqu'à la pension alimentaire d'une vague épouse dont il a divorcé en rencontrant Maïa.

Et puis la police interroge Héléna, le petit monstre de douze ans, et le petit monstre trouve très excitant de raconter froidement ce qu'elle sait, en ajoutant :

« Dieter est un imbécile, il est fou amoureux de ma mère, mais ils n'ont pas su s'y prendre ! Moi à leur place... »

Effaré, et il y a de quoi, le juge d'instruction reprendra l'interrogatoire de l'enfant. La presse ignore le contenu de ses déclarations, mais quelques journalistes bien renseignés, affirmeront que la jeune Héléna aurait exécuté son beau-père de sang-froid, si on l'avait laissée faire. Elle aurait déclaré :

« Dieter et ma mère s'imaginaient que je ne comprenais pas tout et que c'était un jeu pour moi, mais je les ai laissés faire. Après tout c'était leur combine. Moi je n'avais qu'à attendre. »

Quinze jours après cette dernière tentative d'assassinat, les deux tueurs professionnels sont eux-mêmes arrêtés. Ainsi l'affaire est claire, et le mobile est lumineux. L'industriel avait fait un testament en faveur de sa femme, elle héritait de tout, à sa mort. Il le lui avait dit.

Mais durant tous les interrogatoires, et surtout pendant le procès, Theo S. tiendra à la justice un discours déconcertant.

« Oui, il savait que sa femme avait un amant, et que cet amant briguait l'héritage. Oui, il savait que sa belle-fille le haïssait et qu'à son âge, elle était capable du pire. Mais sa femme, sa Maïa, sa belle épouse depuis plus de onze ans, elle est incapable de participer à un complot. Maïa est innocente, elle l'aime, il en est sûr, et il se battra pour la faire sortir de prison. Il en a les moyens ! Que l'on enferme Dieter, qui n'est qu'un imbécile, tout juste bon à distraire sa femme, lorsqu'il n'était pas là. Que l'on boucle ce petit monstre d'Héléna

170

dans une maison de correction pour lui apprendre à vivre... »

Pour tout cela, le milliardaire est d'accord. Mais pour Maïa, il engage les plus grands avocats pour la défendre, il commande la construction d'une piscine dans sa propriété, afin qu'elle puisse se distraire à sa sortie. Il fait transformer sa chambre à coucher par un décorateur, et enfin, à peine remis de ses deux blessures, il paie une caution faramineuse, et réussit à la faire mettre en liberté provisoire.

Une nouvelle lune de miel les occupe quelques jours, et quelques nuits, puis le juge décide de renvoyer Maïa en prison. Il craint que l'industriel n'aide sa femme à fuir en Belgique.

Au procès, Theo devient violent :

« Ma femme travaille trop en prison, elle est pâle. Je ne supporterai pas cela plus longtemps ! »

Le procureur s'indigne lui aussi :

« Enfin, cette femme a voulu vous empoisonner, nous le savons, vous ne pouvez pas nier cela ?

— Que l'on mette du poison dans mon assiette ne regarde que moi ! Cela fait partie de ma vie privée !

— Mais elle avait un amant, et cet amant était complice !

— Et alors ? Vous croyez qu'une femme n'a pas le droit de désirer quelqu'un d'autre de temps en temps ? Notre mariage est une réussite !

— Vous avez deux balles dans le ventre, et vous prenez votre mariage pour une réussite ?

— Non, monsieur le procureur, pour un triomphe ! Et tout ceci n'est qu'un jeu sans importance... »

« Curieux homme », écriront les journalistes en

rappelant les faits en 1972. « L'amant est en prison pour six ans, la gamine en pension jusqu'à sa majorité, et il a réussi à faire libérer sa femme. Mais quelle femme! Un corps de Diane, et des yeux verts à faire pâlir les émeraudes qu'il lui a offertes à sa sortie de prison. »

Oui, curieux homme, en effet, et l'on se demande s'il est amoureux de sa femme ou de la mort. Le cœur a ses raisons, que la raison ignore parfois définitivement.

LE COMMISSAIRE
PARTIRA-T-IL EN VACANCES ?

Depuis une heure, le commissaire Fonck Miller au milieu de la décharge publique d'Altona près de Hambourg trébuche avec d'horribles grimaces dans les immondices.

« Bon ! Mes enfants je perds mon temps ici, lance-t-il à ses collaborateurs, je ne vais pas attendre que vous ayez tout reconstitué. Qu'est-ce que vous avez pour le moment ?

— Ben, voilà patron, dit un inspecteur qui note les trouvailles sur un carnet, vous avez tout devant vous ! »

D'un geste à la fois large et naturel, il désigne aux pieds du commissaire, posés sur des feuilles de plastique d'affreux morceaux de chair. Dégoûté, le commissaire fronce ses gros sourcils noirs et regarde ces horreurs à la dérobée.

« Vous voyez, patron, pour le moment on a une tête de femme blonde... un bras gauche... une jambe droite... un bras droit... et puis ça. Je ne sais pas très bien comment on peut appeler ce morceau-là.

— Un torse, c'est un torse de femme.

— Si vous voulez patron, mais regardez plus près.

— Oh! ça va, ça va, grogne le commissaire. »

L'autre, tout à son affaire, ne se formalise pas de cette mauvaise humeur.

« Vous voyez, dit-il, on lui a coupé les seins... Alors est-ce que je peux appeler ça un torse?

— Oui, tu écris : « un torse de femme sur « lequel il a été procédé à l'ablation des seins ». »

Et là-dessus, le commissaire pour rejoindre sa voiture qui l'attend au sommet de la décharge s'élance dans les boîtes de conserve, les papiers gras, les cartons vides, le plastique blanchâtre, les bombes multicolores et les chiffons infâmes.

Malgré de patientes recherches, qui durent toute la semaine, les policiers ne retrouveront ni les seins, ni la jambe gauche du cadavre. Par contre, un spécialiste parviendra à regonfler la tête momifiée afin d'en réaliser une photo. Ce chef-d'œuvre digne de figurer à la meilleure place dans un musée des horreurs et les empreintes digitales, révèlent qu'il s'agit d'une prostituée de quarante-trois ans, dénommée Ruth Kenny, disparue depuis plusieurs semaines.

Quel est le dernier homme qui a fréquenté la victime? Etait-ce dans la rue? Dans un café? En quelle compagnie et où les collègues l'ont-elles vue pour la dernière fois? Les enquêtes sur les assassinats de prostituées sont parmi les plus difficiles.

De plus, dans cette affaire, le commissaire Fonck se doit d'être particulièrement attentif. Le cadavre dépecé indique un criminel doué de sang-froid et probablement sadique, donc poussé à commettre d'autres crimes.

Mais, évidemment, le pauvre commissaire Fonck ne se doute pas des circonstances extravagantes qui précéderont son arrestation.

Quatre années plus tard, le 14 juillet 1976, vers 15 h 30.

« Allô, chéri ? »

Le commissaire Fonck reconnaît au bout du fil la voix de sa femme.

« Oui, qu'est-ce qu'il y a mon chou ?

— Je suis en train de faire ma valise et celles des enfants. Je te laisse la tienne ou tu veux que je m'en occupe ?

— Laisse mon chou, laisse. Je me suis arrangé avec mon adjoint pour rentrer très tôt cet après-midi. A tout à l'heure. »

Le commissaire Fonck Miller part en vacances avec sa femme et ses trois enfants. Comme chaque année, il a loué une villa aux Canaries et l'avion décolle demain à dix heures du matin.

Mais il n'a pas si tôt raccroché qu'il fronce ses gros sourcils noirs. Son regard devient fixe. Immobile, il lui semble ressentir à travers les cloisons de son bureau une certaine effervescence, un sombre pressentiment l'envahit.

Vingt minutes plus tard, le commissaire promène sa haute et lourde silhouette dans les décombres d'un logement modeste où les pompiers viennent d'éteindre un incendie.

« Voilà, explique le capitaine des pompiers qui marche à côté de lui, nous avons été appelés à 14 heures ; à 14 h 20 l'incendie était éteint. Le locataire, un docker norvégien de trente ans, Julius Mathusen, de retour d'un travail de nuit s'était endormi la cigarette aux lèvres. Réveillé par l'incendie, il a pu se sauver par la fenêtre et rejoindre l'escalier. »

Tout en parlant, le capitaine des pompiers a conduit le commissaire dans l'angle d'une pièce. Il lève la tête :

« Vous voyez, les poutres du plafond ont eu le temps de s'enflammer. Comme nous avons dû arroser à la lance par une lucarne le grenier qui est au-dessus, le plancher s'est effondré. Lorsque mes hommes sont venus constater les dégâts il leur est tombé ça sur la tête...

« Ça... » Ce que le capitaine montre dans les morceaux de bois calcinés et ruisselants d'eau... C'est un pied humain chaussé d'une sanda-lette.

« Tout d'abord, poursuit le capitaine, ils ont cru qu'il s'agissait d'une victime de l'incendie. Mais vous voyez...

Et le capitaine soulève une des solives.

« ... Le cadavre n'est pas complet... ce sont des morceaux du cadavre d'une femme en partie momifié auquel il manque la tête. »

Immédiatement, le commissaire Fonck se souvient de l'affaire de Ruth Kenny et se tourne vers un inspecteur.

« Vite ! Appelez l'institut médico-légal, qu'on compare ce cadavre et les morceaux trouvés il y a quatre ans dans la décharge d'Altona. Où il est votre docker norvégien ? Que je l'interroge. »

Sur le trottoir, un homme encore très jeune d'aspect, aux cheveux blonds frisés, en slip et en maillot de corps attend les bras ballants :

« Vous êtes Julius Mathusen ? C'est à vous le grenier ?

— Oui, enfin, on me l'a loué en même temps que le logement, mais je n'y suis jamais allé.

— Pourquoi ?

— Parce que je n'en ai pas besoin. D'ailleurs, je ne sais même pas comment on y va.

— Et vous n'avez jamais été incommodé par une odeur quelconque ?

— Non.

— Bien, qu'on l'emmène au commissariat, je vais l'interroger. »

Mais au moment où le commissaire s'apprête à monter dans sa voiture, des hurlements se font entendre venant de la fenêtre du docker.

« Commissaire ! Commissaire ! Venez, on a trouvé autre chose ! »

Fonck Miller serre les dents, regarde sa montre, il est bientôt dix-sept heures.

Cette fois, c'est sous un tas de charbon dans le grenier que les inspecteurs qui fouinaient par devoir professionnel ont découvert un sac en plastique bleu.

« C'est la tête ? » demande le commissaire qui vient de remonter quatre à quatre.

« Non patron, c'est un cadavre tout entier.

— C'est pas vrai !

— Si patron, une femme.

Le commissaire jette un coup d'œil :

« Bon ça va, elle est en mauvais état, mais on pourrait peut-être l'identifier.

— Et qu'est-ce qu'on fait de tout ça, patron ?... »

Et l'inspecteur montre le cadavre et les morceaux de cadavre.

« Tout ça ? A la morgue, mon vieux, à la morgue !
Elle est faite pour ça.

— Et les vêtements patron ? »

Le commissaire réfléchit : les vêtements, du
moins ce qu'il en reste, devront être présentés au
tribunal comme pièces à conviction.

« Eh bien, les vêtements, vous les emmenez au
commissariat, compris ? »

Tandis que le commissaire redescend l'escalier,
un petit homme à casquette, le nez aplati au-dessus d'une fine moustache, le front fuyant sous le
cheveu rare, une serviette de similicuir noir à la
main, fend la foule des policiers, des pompiers
et des fonctionnaires qui se presse devant la
porte.

« Où allez-vous ?

— Ben, chez moi.

— Qui êtes-vous ?

— Munch Trika.

— Où habitez-vous ?

— Au dernier étage.

— Quoi ! Dans la mansarde qui est à côté du
grenier ?

— Oui.

— Commissaire ! Commissaire ! »

Le malheureux commissaire Fonck qui s'apprêtait à monter dans sa voiture, se retourne pour
découvrir le dénommé Munch Trinka.

« Il habite dans la mansarde, commissaire.

— Ah ! bon. Eh bien dites donc, vous n'êtes pas
difficile, vous n'avez jamais été gêné par une
odeur quelconque ?

L'homme semble tomber des nues.

« Enfin quoi, vous n'allez pas prétendre que
vous n'avez rien senti.

178

— Non, c'est vrai, des fois ça sent mauvais, dit l'homme d'une voix blanche et fêlée mais je désodorise avec des bombes. »

Le commissaire reste perplexe :

« Avec des bombes ? Vous désodorisez ? Bon ça va, qu'on l'emmène au commissariat, je vais l'interroger. »

Au moment où le commissaire s'apprête à monter dans sa voiture une odeur justement le fait frémir.

« Commissaire ! Commissaire ! »

Deux inspecteurs se précipitent vers lui un sac de plastique plein d'oripeaux tenu à bout de bras.

« Qu'est-ce que c'est que ça ?

— Les vêtements, patron. Puisque vous allez au commissariat, on peut les mettre dans votre malle arrière ? »

Au moment où le commissaire s'apprête à claquer la portière de sa voiture :

« Commissaire ! Commissaire ! »

Fonck Miller lève les yeux vers la fenêtre du Norvégien d'où un inspecteur lui fait de grands signes.

« Commissaire ! On a trouvé autre chose. »

Le malheureux Fonck Miller regarde sa montre, il est dix-sept heures trente. Il sent glisser dans son gosier, du bas vers le haut, une boule d'angoisse.

Plié en deux, pour ne pas se cogner aux solives du toit, le commissaire se déplace dans le grenier puant.

« Voilà, dit un inspecteur accroupi, encore un sac.

— Et qu'est-ce qu'il y a dedans ?

« Deux têtes, une jambe sans pied, des seins... »

Comme s'il s'agissait d'un stock de pièces détachées. Le commissaire a l'impression d'être complètement dépassé. Il s'agit d'une affaire énorme. Peut-il partir en vacances et laisser son adjoint se débrouiller tout seul avec ce puzzle ?

Lorsqu'il rejoint sa voiture, le chauffeur qui vient de faire l'aller et retour pour emmener les vêtements au commissariat, brandit le combiné du radio-téléphone :

« Ça vient de chez nous, patron.

— Allô ? Qu'est-ce qu'il y a ?

— C'est pour les vêtements, patron.... On ne peut pas les garder comme ça, au commissariat, c'est épouvantable ! On ne sait pas où les mettre. »

Le commissaire réfléchit :

« Euh, les vêtements... Vous coupez à chaque morceau de tissu un petit carré que vous placez dans des bocaux différents pour l'institut médico-légal. D'accord ? Et le reste vous pouvez le laver.

— Le laver ? Mais personne ne voudra laver ça.

— Alors, vous achetez une machine à laver et vous la faites brancher dans la salle de douches. D'accord ?

— D'accord, patron. »

En raccrochant le combiné du téléphone, le commissaire découvre que le dénommé Munch Trinka attend à l'arrière de la voiture. Il s'adresse à l'un des policiers en uniforme qui gardent l'immeuble.

« Est-ce qu'on l'a fouillé, au moins ?

— Non, monsieur le commissaire.

180

— Alors, faites-le. »

Quelques secondes plus tard, le policier montre au commissaire un énorme colt.

« Il avait ça passé dans sa ceinture, commissaire.

— C'est normal, grogne Munch Trinka, je suis veilleur de nuit, je revenais de mon boulot quand vous m'avez arrêté. »

Le commissaire ne peut s'empêcher de trouver cet homme foncièrement antipathique. Penché à l'intérieur de la voiture, il le dévisage longuement :

« C'est toi qui les a tuées, hein ? Avoue-le, je suis sûr que c'est toi, et je suis sûr aussi que c'est toi qui as tué Ruth Kenny, la prostituée qu'on a retrouvée dans la décharge d'Altona. »

A ce moment, les yeux de Munch Trinka qui regardaient fixement le commissaire se détournent, son visage se ferme, il ne dit pas un mot.

« Allez, pousse-toi, je monte. »

Mais le commissaire n'en a pas le temps car le radio-téléphone sonne encore.

« Allô commissaire, les restes que l'on a trouvés ne sont pas ceux de Ruth Kenny.

— Les restes ? Mais quels restes ?

— Eh bien, ceux qu'on a trouvés dans le grenier du Norvégien.

— Mais, mon pauvre vieux, vous parlez des premiers morceaux de cadavre. On en a trouvé d'autres depuis et beaucoup d'autres. Tenez-vous au courant nom d'une pipe ! »

A peine le commissaire a-t-il raccroché que le téléphone sonne à nouveau.

« C'est votre femme, commissaire.

— Allô, chéri, on t'attend pour dîner ?

« — Ça dépend, quelle heure est-il?

— Bientôt 18 h 30.

— Alors, ne m'attends pas.

— Et ta valise, tu auras quand même le temps de la faire?

— Je ne sais pas, mon chou, je ne sais pas, je te rappellerai.

— Commissaire! Commissaire! »

Ce n'est plus de l'angoisse que ressent le commissaire c'est du désespoir. Il ose à peine lever la tête vers la fenêtre du Norvégien. D'ailleurs, c'est inutile : ils ont sûrement trouvé un autre cadavre. D'un pas mécanique, il retourne vers la porte d'entrée de l'immeuble.

« Voilà patron, c'était là. »

L'inspecteur montre le mur dans lequel une petite porte est ouverte.

« On a sondé et là ça sonnait creux. Sous le papier peint, il y avait du bois. J'ai découpé le papier avec un canif et découvert cette petite porte. Le cadavre était là-dedans.

Le cadavre en question était bien entendu celui d'une femme. Grosso modo, si l'on compte par tête, cela doit faire la quatrième. Il est enveloppé dans des draps et sec comme une momie. L'un des médecins de l'institut médico-légal penche dans l'ouverture son crâne chauve. On l'entend expliquer :

« Ça communique avec le grenier. L'air passe entre les interstices de la toiture. C'est très ventilé, voilà pourquoi le cadavre s'est momifié. Mais tout de même ça ne devait pas sentir la rose.

— Bon mes enfants, grogne le commissaire, même scénario : le cadavre à la morgue puis vous

182

découpez un petit bout dans chacun des draps et vous passez le reste à la machine à laver. »

Lorsque le chauffeur s'apprête à démarrer, le radio-téléphone grelotte désespérément dans la voiture du commissaire.

« C'est pour vous patron.

— Allô, qu'est-ce qu'il y a ?

— C'est de la part de l'inspecteur Schmidt. Il est en train d'acheter une machine à laver et il demande s'il faut la prendre avec tambour ou sans tambour. »

C'en est trop pour les nerfs du commissaire :

« Est-ce que je sais moi ! Ça sert à quoi un tambour ?

— A essorer patron.

— Alors, pas de tambour, ces horreurs auront le temps de sécher d'ici le procès. »

Là-dessus, le commissaire en raccrochant le radio-téléphone, découvre à nouveau l'ignoble Munch Trinka tranquillement assis à l'arrière. Il appelle l'un des policiers en uniforme :

« Passez-lui les menottes et montez à côté de lui. »

En s'asseyant enfin à côté du chauffeur Fonck Miller pousse un énorme soupir :

« Allez, on démarre, on file au commissariat. Et vite avant qu'ils aient trouvé un cinquième cadavre. »

A sa montre, il est 19 h 30.

Depuis son bureau, le commissaire Fonck Miller répond à sa femme.

« Allô, mon chou ?

— Mon chéri, il est dix heures... Est-ce que je fais ta valise ?

— Oui, c'est plus prudent.

— Est-ce que je te laisse quelque chose pour dîner ?

— Je ne sais pas. »

Puis il raccroche. Voilà quatre heures qu'il est en face de Munch Trinka. Il connaît maintenant chacun de ses traits : la petite bouche aux lèvres minces, le nez légèrement de travers que chaussent des lunettes élégantes à monture dorée, l'œil droit qui louche un peu. La sueur couvre son visage penché, dégoutte dans sa fine moustache ou tombe sur sa veste en faux cuir. Sa mâchoire inférieure, qu'il crispe sans arrêt, a l'air de moudre du grain.

Le commissaire n'en peut plus : Munch depuis qu'il est dans ce bureau n'a pas répondu une fois « oui ». Pourtant c'est lui qui a tué ces femmes et peut-être beaucoup d'autres. D'ailleurs, il connaît maintenant son dossier. Sa vie est une succession d'incidents lamentables et sordides. Ces femmes il les a tuées à la fois parce qu'il les déteste et qu'il ne peut se passer d'elles. Mais pour le moment aucune preuve. Si le commissaire n'en trouve pas il sera obligé de le libérer. Mais il ne peut pas partir en vacances en laissant ce type en liberté.

Il lui faut quelque chose qui ressemble à un aveu. Il a une idée : il demande distraitement à l'ignoble Munch Trinka :

« Au fait, on a trouvé combien de cadavres dans le grenier ?

— Quatre », répond Munch Trinka.

Le commissaire se lève d'un bond.

« Notez ça » dit-il à l'inspecteur.

Puis il court vers la porte, l'ouvre et se trouve face à la meute des journalistes.

« C'est fait, mesdames, messieurs, Munch Trinka vient d'avouer qu'il a quatre cadavres chez lui. »

Mais le commissaire referme précipitamment la porte car il entend l'effroyable criminel protester :

« C'est pas honnête ce que vous faites, commissaire, c'est pas honnête, j'ai pas avoué... »

Il le fit quelques jours plus tard. Ce genre d'homme finit toujours par avouer, alors que les commissaires de police ne vont pas toujours en vacances...

L'ASSASSIN INSOUPÇONNABLE

Sous le soleil couchant, le Pacifique est devenu noir et or et les villas qui bordent la côte ont des airs de fantômes abandonnés. L'été touche à sa fin.

Sur un terre-plein au-dessus des dunes de sable, l'une d'elles paraît plus abandonnée encore. Les volets de bois grincent sous les fenêtres ouvertes, le portail d'entrée est mal refermé. Il s'est passé là quelque chose. Quelqu'un est parti précipitamment, en laissant la maison ouverte à tous vents.

Le promeneur solitaire sur la plage s'est arrêté, curieux. Il a l'habitude chaque soir au coucher du soleil, de longer les maisons. C'est un vieil homme qui habite lui-même une vieille baraque face à l'Océan. Et il connaît la côte par cœur.

Un moment, le vieil homme reste immobile sur la plage, à contempler la maison insolite. Hier encore, elle était habitée. Par qui? Autant qu'il s'en souvienne, une jeune femme et un homme. Il leur arrivait parfois de manger sur la terrasse, et le vieil homme les avait observés de loin. Pourquoi seraient-ils partis sans fermer les volets ? Ni le portail ?

Après avoir hésité quelques minutes, le promeneur se décide à prendre le chemin qui grimpe jusqu'à la maison. Arrivé au portail, il hésite encore. Et s'il y avait quelqu'un ? Si la maison n'était pas abandonnée ? Mais non, impossible. C'est une impression qui ne trompe pas.

Le vieil homme franchit le portail et le referme soigneusement. Il avance dans l'allée de sable, jette un coup d'œil par une fenêtre, et a un mouvement de recul. C'est une cuisine et elle n'a rien d'une cuisine abandonnée. Une bouteille de lait, des fleurs, une casserole dans l'évier, il y a même un bol de café sur la table, presque vide.

C'est au moment où il s'apprête à faire demi-tour qu'il entend le chien. Sa plainte plus exactement. Une plainte modulée, celle d'un animal qui hurle à la mort. Cela vient de derrière la maison.

Le vieil homme est brusquement saisi d'angoisse, et il fait rapidement les quelques mètres qui mènent au garage.

Le chien l'aperçoit le premier et se met à aboyer furieusement. Il se tient devant une voiture portière ouverte, et cette voiture a embouti le rideau métallique du garage. Sous les roues avant, le vieil homme aperçoit une main de femme crispée dans le sable de l'allée.

Le cœur battant, il a du mal à se pencher. Puis l'horreur le cloue sur place. Sous la voiture, une jeune femme est recroquevillée. La voiture lui est passée sur le corps, et sa tête s'est trouvée coincée contre le rideau métallique.

Elle est morte ! Ses yeux immenses et noirs sont encore écarquillés de surprise. Elle a été assassinée. Cette femme a « vu » la voiture arriver sur elle, c'est évident, et le vieil homme a peur. Peur de cette morte, peur de ses yeux, peur du silence de la maison insolite, où rôde peut-être encore l'assassin.

Alors, il court aussi vite que ses jambes le lui permettent. Mais, Charly Moor a soixante-dix ans passés et il ne court pas vite. Pas assez vite pour éviter les ennuis qui vont pleuvoir sur sa vieille tête. Derrière lui un homme a crié :

« Arrêtez-le ! Arrêtez-le ! »

Charly Moor, terrorisé, dévale le chemin de sable qui mène à la plage. La pente en est raide, et ses espadrilles usées entravent considérablement sa course.

Derrière lui, le chien déboule à son tour, encouragé par les cris de l'homme qui le poursuit. Et, quelques secondes plus tard, le vieil homme s'étale sur la plage, assourdi par les aboiements de l'animal.

Il essaie vainement de se relever, c'est trop tard, l'homme s'abat sur lui en criant :

« Qu'est-ce que vous avez fait à ma femme ! Qu'est-ce que vous avez fait ? »

Secoué, étranglé à moitié, le vieux Charly Moor manque de mourir de peur. Il arrive tout de même à ouvrir la bouche pour protester.

« C'est pas moi, j'ai rien fait monsieur... »

Mais l'homme ne veut rien entendre. Et il a la force pour lui, c'est un colosse, qui n'a aucune peine à redresser le vieil homme et à le traîner sur le chemin comme un paquet.

Lorsqu'ils arrivent à la maison, l'un traînant l'autre, Charly Moor est tellement affolé qu'il ne proteste plus. L'homme ouvre la porte, et traînant toujours Charly d'une main, téléphone immédiatement à la police. Il crie dans l'appareil :

« On a tué ma femme, j'ai le type qui a tué ma femme! Dépêchez-vous! Il a tué ma femme, je vous dis! »

Comme Charly veut se dégager pour s'expliquer, l'homme lui cogne violemment la tête contre le mur en répétant :

« Dépêchez-vous, il a tué ma femme, c'est un maudit singe noir qui a tué ma femme! »

Eh oui, Charly Moor n'a rien pour lui. Il est noir en effet. Et dans certaines régions d'Amérique, lorsqu'il y a un crime, on pense au Noir en priorité.

A présent, l'homme a raccroché, et il pleure. C'est un grand gaillard d'une quarantaine d'années, aux cheveux coupés en brosse. Charly le reconnaît à présent. C'est la silhouette masculine qu'il voyait souvent dans le jardin de la maison, au cours de ses promenades solitaires sur la plage. Il ignore son nom, et c'est la première fois qu'il le voit de près. Profitant de ce court répit, tandis que l'homme est secoué de sanglots secs, Charly tente à nouveau de s'expliquer :

« C'est pas moi monsieur, je passais par là, et... »

Il n'a pas le temps d'achever sa phrase, une énorme claque lui fait trembler la tête et l'homme le secoue avec une force démentielle.

« Tais-toi! Tais-toi ou je te tue avant qu'ils n'arrivent! Qu'est-ce qu'elle t'avait fait hein? Vieux salopard! Tu voulais cambrioler la maison? Tu voulais la violer peut-être ? Tu la guettais, c'est ça hein ? Tu la guettais. T'as attendu qu'elle sorte pour ouvrir le garage et t'as poussé la voiture. »

Comment discuter dans ces cas-là ? Charly choisit de se taire. Au fond, il a l'habitude. Depuis le temps qu'il est noir sur cette terre, on l'a déjà accusé de tas de choses. Protester ne sert à rien. Il n'y a plus qu'à attendre la sirène de la voiture de police.

Cinq minutes plus tard, elle est là. Quatre policiers en uniforme font claquer les portières, et l'homme tenant toujours Charly par le cou, se précipite à leur rencontre :

« Le voilà ! C'est lui ! Je l'ai attrapé, il courait vers la plage, il a tué ma femme ! »

L'officier de police fait signe à ses hommes de s'emparer de Charly et prend la situation en main.

« Vous êtes monsieur Cord ? C'est ça ? C'est vous qui avez appelé ? Bon. Reprenez votre calme. Que s'est-il passé exactement ?

— Je rentrais de la ville, en tournant devant la maison pour rentrer au garage, j'ai vu la voiture de ma femme contre le rideau de fer, j'ai couru, je l'ai vue sous la voiture, et en me redressant j'ai eu juste le temps d'apercevoir ce type qui courait dans l'allée.

— A quelle heure êtes-vous rentré chez vous ?

— A six heures, comme d'habitude. Je m'apprêtais à rentrer au garage, quand j'ai vu la voiture d'Hélène, ma femme, emboutie contre le rideau métallique, j'ai couru et je l'ai vue, elle est dessous, elle est morte, et ce salopard s'enfuyait ! Il l'a tuée !

190

— Calmez-vous monsieur Cord, calmez-vous. Nous allons examiner la situation. »

Quelques heures plus tard, la situation est claire pour l'officier de police. Hélène Cord a été écrasée par sa propre voiture. Elle rentrait de faire ses courses, la voiture était pleine de provisions. Et c'est au moment où elle s'apprêtait à lever le rideau du garage, que quelqu'un a foncé sur elle avec sa propre voiture dont le moteur tournait. Il n'y a aucun doute à ce sujet. La poignée de vitesse automatique est encore enclenchée sur la marche avant. Hélène est morte écrasée entre le puissant pare-chocs et le rideau métallique qu'elle manœuvrait. Elle n'a pas eu le temps d'esquiver, et son corps a glissé sous les roues. Fracture du crâne, thorax enfoncé, poumon perforé, tel est le diagnostic immédiat du médecin légiste.

L'officier de police considère Charly Moor, le vieux Noir, qui attend menottes aux poignets dans la voiture de police. Un assassin ? Il n'en a pas l'air, mais on ne sait jamais. Bien que cette manière de tuer ne ressemble guère à un voleur. Charly aurait voulu cambrioler la maison des Cord, et surpris, n'aurait trouvé que ce moyen pour tuer ? Pas très vraisemblable.

Reste le mari. Certes, il a surpris Charly qui s'enfuyait. Et le Noir ne nie pas qu'il s'enfuyait. Mais qui dit que ce mari n'a pas tué sa femme, qu'il n'a pas monté un scénario compliqué pour faire croire à un accident, et surpris par le vieux n'a pas eu le temps d'achever son plan ?

L'officier de police examine le colosse.

« Vous vous entendiez bien avec votre femme ?

— Evidemment! Qu'est-ce que vous allez chercher?

— A quelle heure êtes-vous rentré, dites-vous?

— Vers six heures. Mais qu'est-ce que vous mijotez? Vous allez vous occuper de ce salopard au lieu de me poser des questions stupides? Puisque je vous dis qu'il s'enfuyait! C'est moi qui l'ai rattrapé! »

De son coin, Charly se met à crier:

« C'est pas moi! C'est lui qui l'a tuée! Moi je suis arrivé au mauvais moment, c'est tout, je me doutais bien qu'il y avait quelqu'un. Alors j'ai couru, mais parce que j'avais peur! Je l'ai dérangé c'est tout! C'est pas moi, je vous dis! »

L'officier demande à Charly:

« Tu as entendu arriver la voiture de M. Cord?

— Euh... non.

— Tu aurais dû pourtant. Tout ça n'est pas clair. Dès que le corps aura été enlevé, nous allons faire une reconstitution. Et vous avez intérêt tous les deux à faire attention à ce que vous dites! »

Le corps d'Hélène a été dégagé de dessous la voiture. Les policiers ont pris des mesures, dessiné des emplacements à la craie, et il fait nuit à présent. On entend le bruit du Pacifique qui roule inlassablement en contrebas des maisons. Quelques rares voisins sont venus en curieux. Mais aucun témoin ne s'est manifesté. La côte est déjà presque déserte en septembre, et la plupart des maisons ne sont occupées que durant les week-ends.

Hélène et Herbert Cord faisaient partie des

rares résidents de ce coin de la côte. Herbert travaille en ville, dans un magasin de sport, et Hélène était infirmière à domicile. Depuis cinq ans qu'ils vivaient là, avec leur chien, ils n'avaient guère fait parler d'eux dans le voisinage. Un couple tranquille. C'est d'ailleurs ce que le vieux Charly lui-même affirme au policier.

« Moi, je me promène tous les soirs sur la plage, quand il n'y a plus personne et je les ai souvent vus de loin. Des fois, ils mangeaient sur la terrasse.

— Et ça ne t'a pas donné l'envie de cambrioler la maison des fois ? A force de les surveiller, tu connaissais leurs horaires ?

— Je suis pas un assassin, chef ! Tout le monde vous le dira. Il y a trente ans que je vis là. Je garde la grande villa sur les rochers, là-bas ; mes patrons ne viennent presque jamais, mais ils me font confiance. J'ai jamais rien fait de mal.

— Alors qu'est-ce que tu faisais là ?

— La maison avait l'air abandonnée. Le vent s'était levé, et les volets étaient pas fermés, ça m'a paru bizarre, vu qu'il y a toujours du monde. Je suis venu voir si rien ne clochait, c'est tout, et j'ai vu la dame sous la voiture, alors j'ai eu peur. Et son mari m'a sauté dessus comme si j'étais un assassin. D'abord, je sais même pas conduire une voiture.

— On va voir ça Charly. Tu vas te mettre à l'endroit où tu te trouvais quand M. Cord est arrivé.

— Mais j'en sais rien je vous dis, je l'ai même pas entendu. J'ai d'abord couru, j'avais la trouille.

— La trouille ? Pourquoi ? Il fallait prévenir la police.

— Vous en avez de bonnes vous! Vous voyez ce qui m'arrive? Tout le monde me soupçonne. Que je prévienne la police ou pas, c'est pareil. Du moment que Charly le vieux nègre est dans le coin, c'est lui le coupable. Quand j'étais gosse c'était déjà comme ça... »

En maugréant, Charly obéit tout de même aux ordres de l'officier de police, et refait à peu près les gestes qu'il a faits trois heures plus tôt, Herbert Cord, lui, reprend sa voiture et explique au policier ce qu'il a fait.

A dix heures du soir, l'enquête n'a guère avancé. Le policier connaît l'heure approximative de la mort d'Hélène : vers seize heures dans l'après-midi, donc deux heures avant l'arrivée supposée du mari et celle du vieux Charly.

En ce qui concerne les alibis de l'un et de l'autre, rien de bien précis, rien de bien sûr : Herbert Cord est gérant de sa boutique, il a très bien pu s'en échapper pour venir tuer sa femme. Seulement pourquoi? A première vue, cet homme est sincère, jusque dans sa colère contre le malheureux Charly.

Quant à celui-ci, il n'a pas d'alibi non plus. La plage était déserte. Mais pourquoi serait-il resté aussi longtemps après le crime? Rien n'a disparu dans la maison.

En réfléchissant logiquement le policier se dit :

« Voyons, cette femme est allée faire des courses au supermarché. Les paquets sont dans la voiture. Il est seize heures environ, elle arrive chez elle. Elle descend de voiture pour ouvrir le garage. Depuis l'entrée jusqu'au garage, l'allée est en pente, et sableuse. Si elle a mal manœuvré, si elle a mal coincé le levier de vitesse automatique en position parking, la voiture prend de l'élan et l'écrase. Le véhicule est vieux, c'est possible... »

Le policier tente l'expérience et s'aperçoit que son idée est irréalisable. La femme avait largement le temps de se jeter sur le côté en entendant le bruit. D'ailleurs, elle a été surprise au moment où elle levait déjà le rideau métallique. Elle tournait le dos à la voiture. A ce moment, quelqu'un a sauté dans la voiture, enclenché la vitesse, et la voiture a bondi d'un coup sur les quelques mètres. C'est la seule explication. Alors, le mari ou le vieux Charly ?

Dans le doute, l'officier de police embarque tout le monde. Charly se tasse dans la voiture de police, déjà résigné à subir des heures d'interrogatoire. Herbert Cord, furieux, malheureux, tempête :

« C'est dingue ! Complètement dingue ! Ce type a tué ma femme, je l'attrape, et on m'arrête en plus ! Vous ne croyez pas que j'ai eu mon compte pour la journée ? Je n'ai même pas réalisé qu'Hélène est morte ! Vous comprenez ça ? Qu'est-ce qu'il reste ici ? Sa voiture en travers, le garage défoncé, rien d'autre. J'aurais dû l'étrangler ce vieux salopard, au lieu de vous appeler !

— Allons, monsieur Cord, calmez-vous. Encore une fois, je ne vous arrête pas, mais rien n'est clair, et nous allons mettre tout ça au point dans mon bureau ! »

Herbert Cord passe une main tremblante dans ses cheveux courts. Il a l'air désemparé quand il demande :

« Je peux rentrer les voitures au moins ?

— Bien sûr, allez-y. »

Hésitant un peu, Herbert se met au volant de la

voiture de sa femme, et le chien qui semble aussi perdu que lui, saute à côté de lui en gémissant.

« Mon pauvre vieux... Toi aussi tu étais là, hein ? Et tu lui as mordu les mollets à ce sale type ! C'est pas une preuve ça ? »

L'officier de police rectifie :

« Ce n'est pas une preuve, monsieur Cord, vous courez après Charly, le chien a fait comme vous, c'est tout. »

Herbert Cord s'essuie les yeux et fait avancer la voiture de sa femme sur l'allée en pente. Puis il descend en laissant la portière ouverte, et se dirige vers le rideau de fer cabossé. Il hésite un moment, ému de refaire les mêmes gestes que sa femme. Le chien frétille à ses côtés. Il se baisse, empoigne le rideau métallique, et fait un effort pour le décoincer un peu... C'est alors qu'il entend hurler :

« Attention ! Nom d'une pipe, Cord ! Ecartez-vous ! »

Une galopade, des cris, les policiers qui se précipitent, et Herbert Cord hébété, a juste le temps de voir le pare-chocs de la voiture s'arrêter à dix centimètres de ses jambes.

L'officier de police essoufflé, au volant, contemple stupéfait le levier de vitesse, et le chien qui jappe à ses côtés...

Herbert, tout pâle, se penche à la portière :

« Qu'est-ce qu'il y a ? Qu'est-ce qu'il s'est passé ?

— Votre chien, monsieur Cord. Il est descendu en même temps que vous, et puis il est remonté par la portière ouverte, et il a sauté sur le levier de vitesse. C'est lui qui l'a enclenché en tombant dessus. J'ai eu le temps de bondir sur le siège, et de freiner. Vous voyez ? »

Herbert Cord, voit. Il voit qu'il avait bien placé le levier en position parking, et qu'il se trouve maintenant en position « avant ». Et il regarde sans y croire, ce tas de poils roux, un cocker de cinq ans, qui adorait sa femme et guettait son retour. Et il entend sa femme lui dire il y a quelques jours de cela :

« Tu sais, le chien a trouvé un nouveau jeu. Il saute dans la voiture et il attend que je rentre au garage avec lui. On dirait qu'il me reproche de ne pas l'emmener en ville. »

C'était un jeu pour Dixie. Et la mort pour sa maîtresse, elle ne s'en était pas méfiée. Mais dix-huit kilos de chien tombant sur un levier de vitesse automatique, c'est l'accident absurde et impensable.

Et l'on peut se demander ce qu'il serait advenu d'Herbert Cord, ou de Charly, face à la justice, si Dixie, l'assassin insoupçonnable, n'avait réitéré ce soir-là, son dangereux exploit.

QUE VA DÉCIDER JULIETTE?

HENRI BERTON et Paul Berton sont frères jumeaux. Nés tous deux à Clichy, le 16 décembre 1923, ils ne se sont jamais quittés, vivant chez leurs parents jusqu'au 15 septembre 1945. Aussi loin qu'ils remontent dans leurs souvenirs, Paul et Henri Berton n'ont jamais supporté de vivre un seul jour sans se voir. Le hasard a voulu qu'à quinze ans, Paul réussisse un examen d'entrée à l'E.D.F., alors qu'Henri demeurait apprenti imprimeur. A part cela, leurs destinées sont rigoureusement parallèles. Ensemble, ils ont été contraints au Service du Travail Obligatoire en Allemagne, ensemble ils en sont revenus.

Lorsqu'ils achètent un costume, l'un à Ivry, l'autre à Villeneuve-Saint-Georges, ils achètent, sans le savoir, exactement le même. Ils ont les mêmes opinions politiques et la même façon de vivre.

Pourtant, ils ne se ressemblent pas. Henri est maigre, blond; Paul est plus fort et châtain.

Un jour, Paul épouse Solange. Comme ils ont

toujours fait tout ensemble et de la même manière, Henri se marie huit mois plus tard avec Juliette. Comme ils ont toujours eu les mêmes goûts : Juliette est brune, vive, couturière et fille de cultivateur. Solange est, bien entendu, brune, vive, couturière et fille de cultivateur. Une petite différence, cependant, entre les deux femmes : une différence de quatre jours. L'une est née le 18 avril, l'autre le 22 avril de la même année : 1929. Elles ont vingt-trois ans.

Le personnage principal de cette histoire est l'une de ces deux femmes : Juliette. Celle-ci va se trouver placée devant le plus effroyable problème qui puisse être posé à une mère de famille et sans doute ne s'était-il encore jamais posé, jusqu'à cette époque, à aucune femme en aucun temps.

L'appartement de Juliette à Clichy, en 1951, est confortable et coquet. Elle aime beaucoup les plantes vertes, le balcon est fleuri et, l'hiver, dans la cheminée qui fait face aux deux canapés, brûle un feu de bois. Dans une chambre voisine, dort un bébé.

La petite Juliette reçoit, comme plusieurs fois par semaine, sa belle-sœur Solange. Les deux femmes s'entendent très bien.

« Alors, demande Juliette, vous avez été voir le docteur ?

— Oui, répond Solange, j'ai enfin réussi à y traîner Paul. »

Elle sourit, sans doute en revoyant son costaud de mari allongé nu et furieux sur la table d'auscultation.

« Et qu'est-ce qu'il lui a trouvé ?

— Nous devons faire des analyses. De toute façon, avec le peu d'explications que lui a données Paul, il n'est pas encore certain de son diagnostic... Il se pourrait que Paul fasse de l'albumine. »

Juliette rejette en arrière les longues mèches de sa brune chevelure, puis regarde Solange avec de grands yeux noirs légèrement inquiets.

« Rassure-toi, si ça se confirmait, ça n'aurait rien de très alarmant. Il suffirait de supprimer le sel, la viande et, par exemple, de faire une cure par an à Saint-Nectaire... »

Le même appartement de Juliette sept années plus tard. Le living-room. Il est toujours aussi charmant, gai et moelleux bien qu'il ait été réduit de moitié. En effet, Juliette a maintenant quatre enfants. Solange, qui lui rend visite comme chaque semaine, a, elle aussi, quatre enfants. Dès qu'elle entre, Juliette lui demande :

« Alors ? »

Solange est pâle comme une morte et sa voix tremble un peu :

« Alors, j'ai trouvé que pendant toute la consultation le docteur avait un air bizarre. Pendant que j'attendais dans le hall que Paul aille chercher la voiture, il m'a rappelée. Il voulait m'expliquer que le taux d'urée est monté de telle façon que la situation est vraiment alarmante. Paul se bouche les yeux et les oreilles mais c'est grave tu sais.

— Mais qu'est-ce que t'a dit le docteur, qu'est-ce qu'il compte faire ?

— Rien, malheureusement, il ne peut rien

faire... Il ne peut que le prolonger. Les reins sont gravement touchés. En l'état actuel de la médecine, il paraît qu'aucune guérison n'est possible. »

Les mois passent. Dans le tranquille appartement de Juliette les apparitions de Solange sont plus fréquentes, mais chaque fois plus courtes et plus dramatiques.

Un jour de l'hiver 1959, Solange éclate en sanglots dans les bras de sa belle-sœur. Les nausées de son mari sont de plus en plus fréquentes; les vertiges et les lourdeurs dans la tête aussi. Le taux d'urée atteint 3,45 g au lieu du taux normal de 0,40 g.

« Juliette, Juliette, gémit Solange, je crois que Paul est un homme fini. »

Juliette rejette en arrière les longues mèches de sa brune chevelure, son front lisse comme celui d'une petite fille se plisse au-dessus de ses yeux noirs.

« Allons, allons, Solange, il ne faut pas parler comme ça !

— Mais tu ne comprends pas Juliette, Paul a deux mois, trois mois à vivre, pas plus. Et il s'accroche, il s'accroche parce que personne n'a osé lui dire la vérité aussi brutalement. Il croit avoir encore quatre ans, cinq ans devant lui. « Quand on est un petit employé de l'E.D.F. avec quatre enfants dont l'aîné n'a pas treize ans, on ne peut pas se permettre de lâcher la rampe. Il sait que le jour où il s'arrêtera, ce sera pour de bon et qu'au bout de six mois il ne touchera plus que son demi-salaire. Il faut bien reculer l'échéance. »

Quelques jours plus tard, Juliette prend Solange au téléphone.

« Je ne viendrai pas aujourd'hui, explique

Solange, je ne veux pas laisser Paul. Tu ne peux pas savoir quelle angoisse quand il rentre tard le soir. Chaque fois, j'imagine qu'il s'est trouvé mal, qu'il est mort en pleine rue ou bien au volant de sa voiture. Alors, hier, j'ai fini par le convaincre de ne plus sortir seul pour son bureau. Tu comprends, le boulevard Montparnasse c'est trop loin. Désormais, on travaillera tous les deux. Quand il devra faire ses tournées dans le XVIe arrondissement, je prendrai le volant et je l'attendrai en bas... Bien sûr, il ne faut rien dire à la direction de l'E.D.F.

— Et les enfants ?

— C'est ma mère qui va me remplacer.

— Mais Paul, qu'est-ce qu'il en dit ?

— Rien, le pauvre. Quand il rentre, il est tellement épuisé, nerveux, aigri qu'il va s'enfermer dans sa chambre. Il se couche même souvent sans manger. Pratiquement, il ne peut plus rien manger. D'ailleurs, il ne supporte plus les enfants. »

Ce sont les camarades de travail de Paul Berton qui vont tout déclencher. Ils ont fini par découvrir le drame du pauvre Paul. Ils prennent Solange à part. Ça ne peut pas continuer comme ça. L'un d'eux connaît un médecin qui l'a sauvé en le faisant opérer d'un rein. Que Paul aille voir ce médecin.

Le soir même de cette visite, le 28 avril 1960, Solange se réfugie auprès de Juliette, de son beau-frère Henri et de leurs quatre enfants.

« Alors ? demande une fois de plus Juliette.

— Alors nous avons été voir ce médecin. Il a été formel. Il nous a dit que s'il y a encore quelque chose à tenter, seul le professeur Friburger peut le faire. Il nous a envoyés immédiatement à la consultation de l'hôpital Necker.

— Alors ?

— Alors, tu sais que certains souvenirs d'enfance ont laissé à Paul une véritable terreur de l'hôpital. Pourtant, cette fois, il a cédé. Il croyait rester une heure à l'hôpital mais les médecins ont refusé qu'il reparte. »

La pauvre Solange est défigurée. En quittant seule l'hôpital, elle a dû pleurer toutes les larmes de son corps. Son rimmel a coulé, ses cheveux sont en désordre, elle n'a même pas remis en place le col de son petit manteau resté replié à l'intérieur.

« Mais qu'est-ce qu'ils t'ont dit ?

— Ils m'ont dit qu'il n'avait plus que quelques mois à vivre. Que ses reins ne fonctionnent plus qu'à 5 p. 100, que les organes sont complètement nécrosés. »

Tandis que Solange se laisse tomber sur le canapé, Henri se lève... il se dirige vers un petit secrétaire et, en silence, en sort une coupure de presse qu'il garde en secret depuis quelques semaines.

Dans ce journal, un article signale qu'un médecin américain vient de sauver un homme en lui greffant un rein de son frère jumeau... et même pas de vrais jumeaux... alors que Paul et Henri sont peut-être de vrais jumeaux.

Dans les yeux de Solange, il y a un immense espoir : et dans ceux de Juliette de la terreur. C'est ainsi que se trouvent posées les données d'un problème terrible, un cas de conscience pour ces deux familles.

Henri et Paul ont chacun quatre enfants. Leurs

femmes ne travaillent pas. Paul n'a plus que quelques semaines à vivre : c'est un fait. Mais Henri, par contre, est bien portant. Tant qu'il vit, aucun problème ne se pose pour sa famille et il peut aider la famille de Paul.

Par contre, s'il est bien portant, il a tout de même subi, il y a cinq ans, l'ablation d'une partie de l'estomac. S'il se fait prélever un rein pour son frère, il risque de sortir diminué par cette mutilation, ne pouvant plus être d'une aide aussi efficace pour sa propre famille et celle de son frère.

Si l'opération réussit et que son frère vit, ce n'est pas trop grave. Mais s'il meurt... ce pourrait être la misère rapide pour les deux familles.

Une autre possibilité effroyable, c'est que l'opération ne réussisse pas, que Paul disparaisse et qu'Henri ait un jour une insuffisance rénale... N'ayant plus qu'un seul rein, Henri serait évidemment perdu. Ce qui ferait deux veuves et huit orphelins.

Ce drame se passe en 1960. A cette date, seules ont réussi sept transplantations entre vrais jumeaux. Par contre, sauf une, toutes les greffes tentées entre parents, ascendants ou descendants et faux jumeaux, ont jusqu'ici échoué. Alors, Henri et Paul sont-ils de vrais jumeaux ?

Ce n'est pas tout. Dans un cas pareil, les plus petites choses qui peuvent paraître les plus insignifiantes prennent une importance capitale. C'est ainsi qu'Henri, avec sa femme et quatre gosses demeurent dans un logis charmant et confortable mais trop exigu; le tout dans une très vieille

204

maison de Clichy. Les enfants grandissent, cette situation devient intolérable.

Pour se reloger et faire construire une petite maison il lui fallait d'abord acheter un terrain : c'est ce qu'il a fait, en obtenant une parcelle de 420 mètres carrés à Roissy-en-Brie. Pour cela, il s'est engagé à payer 50 000 francs par mois pendant deux ans. Or, il en gagne 75 000. Pourra-t-il faire face à de telles échéances s'il sort diminué de l'opération ? Et s'il meurt ?

Enfin la préparation de l'opération et la convalescence vont entraîner plusieurs mois d'arrêt de travail, pendant lesquels il ne touchera qu'un demi-salaire.

C'est donc à coup sûr une situation financière compromise pour plusieurs années, sinon pour toujours. D'un autre côté, il y a l'amour des deux frères l'un pour l'autre, l'amitié réciproque des deux familles.

Voilà pourquoi, s'il y a une lueur de fol espoir dans les yeux de Solange, il y a de la terreur dans ceux de Juliette.

Le lendemain, Henri se rend à l'hôpital Necker pour s'ouvrir de son projet à son frère. Mais la même affection qui pousse l'un à tenter cette aventure, pousse l'autre à la refuser.

« C'est de la folie ! répond Paul. C'est un trop grand risque. Ce qui est raisonnable c'est que tu vives pour nos enfants et pour nos femmes.

— Tu n'as pas le droit de refuser, insiste Henri. Tu dois nous laisser courir notre chance de te sauver. »

Finalement, Henri obtient d'appeler au téléphone Juliette et Solange afin qu'ils soient tous réunis dans cette chambre d'hôpital comme pour une sorte de conseil de famille.

Puis Henri, pour essayer de convaincre son frère, n'y va pas par quatre chemins.

« Ecoute, Paul, il faut voir les choses en face : deux mois, tu n'as plus que deux mois à vivre. Deux mois, tu te rends compte ! Deux mois ! Dans deux mois tu meurs. Ta femme est veuve, tes enfants sont orphelins. Tu dois essayer de vivre. »

Tant et si bien que lorsque Solange et Juliette arrivent, Paul est résigné à tout, même au sacrifice de son frère. Il prend dans ses mains celles de sa femme qui le dévisage, folle d'espoir.

« D'accord, dit-il, je suis d'accord. »

Solange regarde alors Henri.

« Moi, je suis absolument décidé. S'il y a une chance de sauver Paul, je veux qu'elle soit tentée... Mais comprenez-moi, Solange, je ne le ferai que si Juliette est d'accord. »

C'est donc finalement sur les épaules de Juliette que repose tout le poids de la décision. Le visage un peu hagard, elle regarde par la fenêtre le ciel et les arbres du printemps. Elle pense à ses quatre enfants, aux dettes, au rêve évanoui de la petite maison de Roissy-en-Brie.

Enfin, elle se retourne.

« Je n'accepterai que lorsque j'aurai pu en parler au professeur Friburger. »

Tout le monde s'incline en silence, la demande est logique et rendez-vous est pris avec le professeur Friburger.

Tandis que Paul et Henri prennent toutes dispositions légales, achètent une machine à coudre à leur femme pour qu'elles puissent reprendre leur métier de couturière au cas où les choses tourneraient mal, Solange, la femme de Paul, a été timidement trouver le professeur Friburger. Celui-ci, avant d'accepter de greffer sur Paul un rein d'Henri son frère jumeau, fait évidemment procéder à de multiples examens.

Un mois plus tard, comme convenu, il reçoit seul à seul la pauvre Juliette, la femme d'Henri.

« Je crois comprendre, madame, déclare le professeur, qu'en fin de compte, c'est vous qui devez prendre la vraie décision... N'est-ce pas ? Alors voulez-vous que je vous explique le fond du problème ? »

Attendri, Friburger voit plisser le front lisse de Juliette qui rejette en arrière ses longs cheveux noirs, pour répondre de sa voix de petite fille :

« Oui, monsieur le professeur.

— D'abord, je dois vous dire que Paul et votre mari ne sont pas de vrais jumeaux. Ils ne se ressemblent pas parfaitement, leurs empreintes digitales diffèrent, les groupes sanguins ne sont pas tout à fait identiques, un morceau de peau prélevée sur votre mari et greffé sur son frère est mort au bout de vingt-cinq jours.

Néanmoins, je suis prêt, sous certaines conditions, à tenter l'opération. Mais avant que vous preniez une décision, je dois vous dire que j'ai tenté une opération semblable dont je crois qu'il est nécessaire que vous connaissiez les circonstances et l'issue.

Cela s'est passé en 1953. Le 18 décembre, un jeune ouvrier, Darius Benard, tombé d'un troisième étage dut subir l'ablation d'un rein qui avait éclaté dans sa chute. Cette opération, quoique sérieuse, ne devait pas mettre sa vie en danger, mais comme Darius n'urinait plus, il fut radiographié à nouveau et l'on constata, avec stupeur, que le jeune homme n'avait jamais eu qu'un seul rein... Celui qui venait justement de lui être enlevé. »

Le professeur s'est levé. Il arpente son bureau. Il se sent affreusement indécis. Juliette le regarde de ses grands yeux et il comprend qu'elle va prendre sa décision en fonction de la façon dont il va lui présenter les choses. Alors, il veut être absolument objectif. Il poursuit :

« Lorsque les malheureux parents se sont adressés à moi, il était déjà question depuis longtemps de greffe du rein. La mère du malheureux garçon me suppliait, elle voulait donner l'un des siens à son fils. Je procédai à cette transplantation le soir de Noël, ici même, à l'hôpital Necker.

« Les premiers jours furent excellents, Darius allait de mieux en mieux. Toute la France suivait ses progrès avec émerveillement et sympathie.

« Malheureusement, le vingt-troisième jour, le blessé n'urinait plus. L'hôpital était envahi par les journalistes. Ceux-ci m'assaillaient sans arrêt. Les journaux parlaient à tort et à travers de l'affaire. Le père du pauvre Darius vendait ses mémoires. C'était lamentable.

« Comme la maladie tournait mal, en refaisant l'opération, je découvrais que le greffon était altéré. Dans le même temps, les journalistes payaient la complicité des infirmières ou s'habillaient en blouse blanche pour s'introduire dans la chambre du malade et le photographier. C'était de plus en plus lamentable. C'était odieux.

« Dans une atmosphère impossible, point de

mire de la France entière, condamné à réussir ce que personne n'avait réussi avant nous ou à perdre la face, avec mon équipe, dans une tentative désespérée, je mettais en action un rein artificiel. Hélas ! le 26 janvier, Darius mourait et avec lui un immense espoir. »

Le professeur est retourné à son bureau et s'est assis. Il regarde Juliette droit dans les yeux.

« Vous comprenez, mon enfant, que dans ces conditions, si je vous dis que je suis prêt à renouveler cette tentative, c'est que depuis ce cauchemar, et pour la première fois, une greffe entre deux jumeaux hétérozygotes — c'est-à-dire des faux jumeaux — vient d'être réussie aux Etats-Unis. Donc, il y a une chance qu'une greffe sur Paul réussisse. Mais je suis incapable, absolument incapable de vous donner un pourcentage de chance. Je ne sais pas si c'est une chance sur deux, une chance sur dix ou une chance sur cent. Il y a une chance, c'est tout. »

« Et puis, poursuit le professeur, si devant un homme de toute façon condamné et un autre dont l'état de santé lui permet de subir l'ablation d'un rein, il est normal que je sois prêt à tenter l'expérience, je dois vous prévenir (et je devrai prévenir votre mari et votre belle-sœur) qu'il y a des conditions. Les circonstances de la nouvelle tentative seront telles que le secret le plus absolu devra être de règle. Pour tous, il faudra mentir, mentir avec acharnement. Votre mari sera à l'hôpital pour y subir une opération. Paul, lui, devra être soi-disant en Suisse pour un traitement. Personne ne doit savoir où il se trouve, ni l'opération qu'il subit. Solange devra fuir à tout prix les journalistes et jouer la comédie. C'est une question de vie ou de mort. »

Juliette, qui ne l'a pas quitté du regard, ne dit pas un mot après le long silence qu'observe le professeur.

« Je sais bien, dit celui-ci que je ne vous ai guère donné d'éléments précis. Et il va falloir tout de même que vous preniez une décision.

— Combien de temps, demande Juliette, Paul peut-il vivre encore ?

— Quelques jours, et plutôt moins que plus... Voici quelle sera la nouveauté du traitement que j'emploierai : je soumettrai Paul à une irradiation totale par la bombe au cobalt. Il s'agit de procéder à l'irradiation des différents tissus producteurs d'anticorps capable de détruire le rein greffé, notamment la moelle osseuse.

« Toute l'acrobatie réside dans le calcul des doses exactes de rayons pour « sidérer » cette moelle osseuse sans la tuer définitivement. Ni pas assez, ni trop. L'irradiation totale est partagée en deux séances, sitôt après la première irradiation, Paul sera l'objet de précautions aseptiques extra-ordinaires. Etant privé de toute réaction anti-infectieuse, il deviendrait sensible aux moindres microbes.

« Votre mari, opéré par le docteur Morin, sera mis en hypothermie, c'est-à-dire refroidi à 29° ; ainsi, le rein gauche qui lui sera enlevé pourra subir sans danger une manipulation d'assez longue durée.

« Pendant ce temps, dans la salle voisine, le docteur Jean Massé assisté du docteur Payot, ouvrira la fosse iliaque droite de Paul. Au moment où les deux interventions, soigneuse-

210

ment minutées, parviendront à leur point de synchronisation, le docteur Massé placera le rein gauche d'Henri dans la fosse iliaque droite de Paul en le retournant, et sans enlever l'autre rein.

« L'intervention durera deux heures et demie pour le donneur, quatre heures et demie pour le receveur. Au bout de ces temps, Henri n'aura plus qu'un rein, Paul en aura trois, dont deux morts.

— Et après ? demande Juliette.

« Le réveil sera sans histoire. Les quinze premiers jours se passeront fort bien. La sécrétion urinaire reviendra proche de la normale dès les dix premières heures et l'urée sanguine baissera progressivement. Le taux de globules blancs et des plaquettes de sang, devenu presque nul, commencera à remonter, et les précautions prises réussiront à éviter toute infection. Mais à partir du quinzième jour... C'est l'incertitude. »

Le professeur qui, cette fois, a tout dit, se lève :

« Alors, madame, avez-vous pris une décision ou préférez-vous réfléchir encore ? »

Le petit visage de Juliette se durcit, ses yeux noirs ont un regard décidé.

« Inutile de réfléchir, monsieur le professeur, ma décision est prise.

— Et c'est ?

— J'accepte. Je vais prévenir mon mari. »

L'intervention a lieu le 20 juin à Necker, dans le service du professeur Courège. Le mari de Juliette : le donneur, et son frère : le malade, sont placés dans deux salles contiguës. Malgré le grand nombre de participants, c'est une intervention clandestine.

Tout va se passer comme prévu jusqu'au quinzième jour. A partir de ce moment, la fonction rénale s'altère de jour en jour. Presque tous les praticiens qui suivent avec angoisse les analyses successives s'attendent au pire.

Il est facile d'imaginer les heures atroces que vivent Juliette et Solange Berton. Elles doivent dissimuler les raisons de leur angoisse. A toutes les questions, elles répondent que Paul est en Suisse, qu'Henri se remet d'une opération d'appendicite. Mais ça semble bizarre. Elles se coupent, on les suit. Un journaliste finit par être au courant et même l'un des rédacteurs en chef d'un très grand quotidien.

Le professeur Friburger a très peur qu'un photographe entre, ne serait-ce que quelques secondes, dans la pièce du malade et celui-ci aurait toute chance d'être condamné à mort par le microbe venu.

Aussi, les quelques personnalités de la presse qui ont appris la vérité sont-elles mises au courant des dangers et invitées à se taire. C'est ainsi que des jours passent et que le secret ne transpire pas.

Puis le vingt-troisième jour, sans que l'on sache exactement pourquoi, toutes les données techniques s'améliorent brusquement : évacuation urinaire, urée dans les urines, urée dans le sang, tension artérielle « fond d'œil », etc. tout redevient progressivement normal. Peut-être le rein greffé a-t-il fait une sorte de maladie d'adaptation dont il a finalement triomphé. Paul Berton, qui aurait dû être mort depuis des semaines, est vivant et quitte l'hôpital entre Solange et Juliette transportées de joie.

LA CINQUIEME VIE
DE FRITZ EDEL

1929. 12 décembre. L'Amérique est malade, l'Amérique est folle, l'Amérique se suicide et pleure sur ses dollars. Le crash de Wall Street vient d'éclater, la puissante banque des Etats-Unis vacille sur ses bases. L'Amérique a autre chose à faire, vraiment, que de s'occuper d'un condamné à mort.

Dans vingt minutes, le rituel commencera, on lui rasera la tête, on le conduira sous la douche, on lui donnera des vêtements neufs, et il marchera jusqu'à la chaise électrique. Une seule mort, pour un homme comme Fritz Edel, qui a connu cinq vies. Une seule mort mais à Sing-Sing.

De quelque part, à la Maison-Blanche, il suffirait que parte un télégramme. La mort ou la vie dans cette prison célèbre, n'est qu'une histoire de sursis.

La première vie de Fritz Edel est celle d'un orphelin allemand au début du siècle. A vingt ans, le voilà sur un bateau d'immigrants. Puis, dans une caravane qui l'emmène au Far West. Sur le bateau Fritz a rencontré un homme, immigrant comme lui. Ils se sont quittés, et ne se reverront plus jamais, mais l'homme lui a laissé quelque chose de précieux : un conseil d'abord :

« Mon gars, l'avenir c'est l'électricité. Si tu veux un bon métier, si tu veux gagner des dollars américains, fais de l'électricité. Crois-moi, tous les gens riches, toutes les industries en ont besoin... »

Et puis un livre. Un manuel pour apprendre les secrets du métier.

En Amérique, Fritz Edel devient donc électricien. Le meilleur de la région où il s'est installé. Chaque semaine, il compte sa paie. L'inconnu n'avait pas menti. Les dollars pleuvent. Moins que s'il était chercheur d'or, ou de pétrole, mais sans risque.

Ainsi commence la première vie de Fritz Edel, dans l'électricité. Quelle étrange coïncidence, lui qui en principe doit mourir par elle quelques années plus tard.

En attendant, Fritz est amoureux. Il épouse une jeune actrice d'un théâtre de San Paolo. Et pour lui trouver un appartement, pour la combler de tout, Fritz travaille comme une brute. La première année de leur mariage, Ruth met au monde un enfant.

Quelques mois plus tard, le bébé meurt d'une pneumonie. C'est la première rencontre de Fritz avec la mort. Une angoisse affreuse le prend devant ce petit corps inerte. C'est Ruth qui va le secouer. Ruth est allemande, juive, sensible, fine et intelligente.

« Ecoute-moi, Fritz, écoute-moi bien, nous

allons avoir un autre enfant immédiatement, il le faut. La mort n'est qu'un prélude à la vie. »

Ruth parle un peu étrangement pour son mari. Il est un peu fruste, il n'a guère appris autre chose que l'électricité. C'est elle qui se charge de son éducation, qui le cultive, qui essaie d'affiner son caractère et ses manières. Elle est bien plus qu'une petite théâtreuse. Elle est belle, d'une beauté biblique, elle lit Shakespeare et le joue.

Fritz, avec sa grosse tête ronde aux cheveux courts et blonds, avec ses yeux sombres, et ses larges épaules, est en admiration perpétuelle devant sa femme. Ils auront donc un autre enfant puisque Ruth le veut.

Un jour d'automne 1920, il fait les cent pas dans une clinique de San Paolo. Et la mort vient à sa rencontre une nouvelle fois. C'est le médecin accoucheur, les mains rouges de sang, qui lui demande d'être courageux.

« Il est arrivé quelque chose de grave. Je n'ai pas pu sauver la mère, et l'enfant. Ils sont morts tous les deux. »

Morts, morts, morts. La mort court après Fritz Edel, elle le terrorise, elle détruit tout ce qu'il aime. Elle lui a pris son père quand il était petit, puis sa mère, et voilà qu'elle lui prend sa femme et son fils. Il n'y a plus personne auprès de lui pour le rassurer. L'angoisse, la terrible angoisse s'empare de lui. Le médecin pose une main sur son épaule.

« Qu'allez-vous faire pour l'inhumation ? »

Fritz regarde cette main avec horreur, il s'en échappe, il court au-dehors, il abandonne la mort où elle est, il ne veut pas lui rendre hommage.

Le voilà affolé dans un bistrot sordide. Boire,

boire, noyer cette peur qui lui ronge le ventre, la tête. Se soûler d'alcool pour ne plus penser, pour ne plus voir ceux qui sont morts.

Et Fritz Edel meurt à son tour. C'est la fin de sa première vie. Le début de la deuxième.

L'ouvrier électricien n'existe plus. De soûlerie en beuverie, il s'acoquine à une bande de petits malfrats minables. Le voilà, nanti d'une arme et d'un regard méchant. Il n'a même pas le temps de s'en servir, même pas le temps de devenir gangster, de faire payer aux autres la rage et la peur qui le rongent.

La petite bande est arrêtée, et lui avec. Cinq ans de prison les feront réfléchir.

Fritz va réfléchir en effet. Un curieux vieillard qui partage sa cellule va l'y aider. C'est un escroc, un falsificateur de contrat, un spécialiste du chèque en bois, et de la signature imitée. Une sorte d'artiste, un brin philosophe. Il est grec.

« Fritz, tu n'es qu'un imbécile, regarde-toi. Tu es fait pour être honnête, mon garçon. Tu as des mains de travailleur, une tête de travailleur. Tu vas sagement te conduire et en sortant de là, reprendre ton métier. La mort a eu ce qu'elle voulait de toi, c'est fini maintenant, méprise-la, n'y pense plus. Au fond, elle ne peut s'attaquer à personne d'autre que toi maintenant. Tu es comme tout le monde! »

Soutenu par cette affection providentielle, Fritz est un prisonnier modèle. Au bout de deux ans et six mois, il retrouve la liberté, et se remet au travail.

Excellent ouvrier, il a trouvé une place chez un

petit entrepreneur. Mais ce serait trop simple. Un jour, son patron découvre qu'il a fait de la prison. C'est l'éternel problème. Plus d'emploi dans la région. Personne ne veut d'un ancien prisonnier. Et l'argent se fait rare.

Alors Fritz se souvient de son vieil ami le faussaire, et de son habileté. En deux ans et demi de cohabitation, il a eu le temps d'apprendre les rudiments de ce nouveau métier. Ce sera sa troisième vie. Il est mort le petit gangster, mort le prisonnier.

Fritz Edel est un homme libre et riche de l'argent des autres. En Amérique, le chèque bancaire et le mandat postal sont en pleine évolution. On les accepte à peu près partout. Il n'y a qu'à s'en servir, changer les chiffres, imiter les signatures.

Pour cette troisième vie, Fritz est un homme riche, qui voyage d'une ville à l'autre, qui conduit de luxueuses automobiles, et change de nom toutes les semaines. La police le recherche à partir de 1923 sans jamais le coincer. Il mène une existence haletante mais princière. Son entourage est équivoque, anciens détenus, prostituées de luxe, et gangsters en exercice. Il ne se méfie plus de la mort, il la nargue, il a relégué ses angoisses au plus profond de lui-même.

Mais la mort est là qui guette. Elle est belle. Elle s'appelle Emeline Harrington, elle vit à New York, elle vient de divorcer d'un imbécile.

« Tu vois, Fritz, j'avais un mari riche, mais bête. S'il t'avait ressemblé, jamais je ne l'aurais quitté. »

La scène se passe à l'auberge Pennsylvania où

Fritz a invité sa belle à dîner. Il est amoureux fou, il ne veut plus la quitter. Par contre, il doit quitter l'auberge avant que le propriétaire ne s'aperçoive que son riche client le paie avec de faux chèques.

Rendez-vous est pris pour passer Noël ensemble à Springfield dans le Massachusetts. Fritz promet un réveillon princier à l'hôtel Clinton, puis raccompagne sa belle à un taxi.

Devant le chauffeur, qui s'en souviendra, Emeline dit à sa conquête :

« Au revoir, à bientôt, dans une semaine à Springfield ! »

Fritz rentre à l'auberge, des étoiles plein la tête. Et le lendemain matin, c'est le piège. D'où vient-il ? Pourquoi l'a-t-on choisi ? Il n'en saura rien avant bien longtemps.

On frappe à la porte de sa chambre. C'est un homme inconnu qui a l'air d'un chauffeur de maître. Il tient un carton à chapeau et s'incline devant Fritz Edel.

« Mrs. Harrington m'a chargé de vous saluer et vous prie d'emporter ce carton à Springfield... »

Puis sans attendre la réponse, il disparaît.

Sans méfiance, Fritz dépose le carton dans sa voiture avec ses propres bagages. Il suppose que Emeline le trouve trop embarrassant pour voyager en train, et le lui confie, sachant qu'il a une voiture. Arrivé à l'hôtel Clinton de Springfield, il attend. Mais les jours passent, et Emeline n'apparaît pas.

Bientôt, Fritz se fait remarquer, car le personnel observe avec une curiosité croissante, et un peu moqueuse, ce client qui se rend chaque jour à la gare pour y chercher quelqu'un, rentre seul, et demande régulièrement si par hasard, une dame n'est pas arrivée entre-temps.

Le 31 décembre, Fritz déçu, se rend à l'évidence. Sa beauté a changé d'idée. Pour noyer ce nouveau chagrin, il passe le réveillon au bar de l'hôtel avec des amis de rencontre. A court d'argent liquide, il présente au caissier un faux chèque de 500 dollars. Le caissier lui rend la monnaie sans broncher.

Mais quelques minutes plus tard, Fritz remarque deux hommes, au regard de chasseur. Il connaît bien ce regard. Il croit au danger. Il se dit que le caissier a prévenu la police en découvrant que le chèque était faux.

Alors il fuit. Il quitte l'hôtel par une porte de service, abandonnant bagages, automobile et amis. Il saute dans un taxi et file à la gare prendre le premier train pour New York.

A son arrivée, l'édition spéciale du 1er janvier est dans les mains de tout le monde. Et en première page, un titre énorme :

« Fritz Edel, un faussaire, assassin d'Emeline Harrington... »

En dessous, sa photo et celle de la victime, avec ce commentaire :

« La police a découvert le carton à chapeau de la victime dans l'automobile abandonnée par le meurtrier à Springfield... »

Le piège est refermé. Fritz n'a pas tué, mais c'est lui l'assassin, de toute évidence. Il ne lui reste plus que la fuite en avant. Avec le F.B.I. à ses trousses.

Ainsi finit la troisième vie de Fritz Edel, avec la mort d'une femme. Mort dont on l'accuse, et dont il ne pourra jamais se défendre; il le sait. Qui a tué? Il n'a rencontré cette femme que trois fois, il ignore tout d'elle et de sa vie, il est logique qu'il ignore tout de sa mort.

Alors commence la classique chasse à l'homme, les nuits sans sommeil, les chambres d'hôtel sordides, la fuite au moindre soupçon. Des mois et des mois, jusqu'à ce qu'une femme de chambre le reconnaisse, et que les officiers du F.B.I mettent enfin la main sur Fritz Edel, qui va commencer à Sing-Sing sa quatrième vie. Celle d'un condamné à mort, qui attend en grelottant de peur, l'arrivée problématique d'un télégramme de la Maison Blanche.

Plus que vingt minutes, et ce sera ou non le sursis, que son avocat s'acharne à obtenir, persuadé qu'il est, de son innocence.

Mais tout est clair. Il n'est pas question ici de faire un plaidoyer pour ou contre la peine de mort. Il se trouve simplement que Fritz Edel est innocent. Il se trouve que le piège de la justice s'est exceptionnellement refermé sur lui. Pesant, inexorable. Il est le dernier à avoir vu cette femme vivante, il avait dans sa voiture un carton à chapeau lui appartenant, un chauffeur de taxi fut témoin de leur rendez-vous. Et qui plus est, il était recherché par le F.B.I. depuis plusieurs années, pour faux et usage de faux. C'est un repris de justice, son compte est bon. Quelqu'un, quelque part, a commis le crime parfait, et c'est Fritz Edel qui va payer pour lui.

L'avocat vient de le quitter sur des paroles réconfortantes.

« J'ai demandé un supplément d'enquête, le président Hoover ne peut pas refuser votre grâce, c'est impossible. Ayez confiance. »

Facile à dire. L'angoisse suinte de tous les murs de cette cellule, réservée aux condamnés. Le bourreau, un certain Elliot, est arrivé il y a une heure. Selon les spécialistes, c'est l'un des meilleurs. Il ne met pas plus de six minutes à accomplir son œuvre, contre 150 dollars que lui remet l'Etat.

Fritz Edel écoute le monologue d'un condamné, un sursitaire, qui se fait un plaisir morbide à raconter son expérience. Gracié à quelques minutes de l'exécution, l'homme sait qu'il vivra ce qu'il raconte et jusqu'au bout. Fritz Edel l'écoute, fasciné. Sa cellule est en face de la sienne. Un couloir les sépare. Il ne voit pas son visage, et le son de sa voix résonne dans ce désert de ciment et de barreaux.

« Eh Fritz, ça va ? T'as mal au ventre hein ? C'est rien, ça fait toujours ça. Tu veux que je te dise ? Quand ç'a été mon tour, j'étais comme toi... »

Fritz voudrait qu'il se taise, mais il est attiré en même temps par ce récit morbide.

« Tu verras, ça va vite. Enfin, moi j'ai pas été jusqu'au bout, mais je peux t'expliquer. Ils vont t'attacher, les bras, les jambes, et la poitrine. Ça ressemble à un fauteuil, mais j'en voudrais pas chez moi, sans blague. On va t'attacher les chevilles aussi, avec un anneau de cuivre. Et puis on te mettra un casque. Y'a des câbles après tout ça, mais toi tu vois rien. C'est là, qu'on m'a libéré, moi. L'avocat a réussi à obtenir une grâce. Si tu m'avais vu sauter de là ! Et en vitesse ! Ah ! bon sang, j'aurais couru jusqu'au bout du monde sans m'arrêter.

« Mais t'en fais pas Edel, t'iras pas jusque-là. Moi, c'était exceptionnel, les journalistes étaient là, j'ai eu droit à des articles tu penses, il ne restait plus que trois minutes avant la sauce. Deux mille volts à travers le corps. Oh! je sais, j'y passerai un jour, mais tu vois, je n'y crois plus. Ça me fait plus rien. J'aurai toujours l'espoir qu'ils iront pas jusqu'au bout. Mais pour toi c'est pas pareil, t'es innocent! »

Fritz Edel écoute, les mains accrochées au bois de son tabouret, la tête sur les genoux. Il ne voit, il ne pense qu'à la mort. Il imagine son corps raidi par la décharge. Ça ne fait pas mal, dit-on. Mais le mal est ailleurs. Qu'on vous pende, qu'on vous guillotine, qu'on vous électrocute, la douleur n'existe pas. C'est la douleur qui fait qu'on est vivant. La mort va si vite dans ces cas-là. Tant que l'on souffre, comme à présent, de peur et d'angoisse, on vit. L'ultime terreur, c'est de vivre jusqu'au bout. D'être lucide et conscient.

Il y a la rage aussi. La rage impuissante de celui qui connaît l'injustice au dernier degré.

Fritz Edel se sent lâche. Lâche au point de hurler :

« Je n'ai pas mérité ça! Je suis un faussaire, un simple voleur, un imbécile, mais je n'ai tué personne. Je n'ai pas tué cette femme à coups de marteau! Mais que quelqu'un m'écoute! Que quelqu'un m'écoute! »

Ils sont tant à crier de la sorte. Les coupables crient eux aussi. Comment reconnaître la peur d'un innocent, de celle d'un coupable?

De l'autre côté du couloir, l'autre condamné en sursis, se met à crier lui aussi :

« Ta gueule l'Allemand ! Ils s'en foutent ! »

Puis dans le silence revenu, il ajoute :

« Quand tu verras le cuisinier chinois, demande-lui tout ce que tu veux, il doit t'apporter un gueuleton si t'en as envie, et n'oublie pas les copains, si l'appétit te manque ! »

Le gardien, lui, se tait. Il a l'habitude. Faire taire ces hommes ne servirait à rien. Ils ont besoin de crier.

Vingt minutes.

Le télégramme est arrivé, il y a un remue-ménage dans le quartier des condamnés, on vient chercher Edel, on le reconduit en cellule normale, et tandis qu'il suit les gardiens, hébété, n'osant y croire, il entend la voix de l'autre, celui qui reste, celui qui ira jusqu'au bout de l'aventure. Elle est éraillée, cette voix, mauvaise, terrorisée :

« T'en fais pas Edel, tu reviendras. Je t'attends ! Eh ! réponds-moi espèce de sale métèque ! Tu y passeras avant moi ! »

C'était le 12 décembre 1929. Et il y a eu d'autres peurs. D'autres procès, d'autres condamnations, d'autres révisions. Un cycle infernal, pendant vingt-huit ans.

Jusqu'à ce qu'enfin, la culpabilité d'un autre soit certaine. L'homme qui était venu lui apporter le carton à chapeau, la pièce à conviction principale. Cet homme avait échappé aux recherches pendant dix ans, il fallut encore prouver sa participation au meurtre, et cela prit des années. Puis il fallut prouver qu'il était le seul coupable. Et cela prit encore des années. D'instructions en procès, d'appel en cassation : vingt-huit ans.

Ce n'est qu'au bout de vingt-huit ans, que Fritz Edel entendit enfin au cours d'un ultime procès qu'il était innocent du meurtre d'Emeline Harrington. C'était en 1957.

L'Amérique avait bien changé. L'Allemagne était détruite, le monde occidental éclatait, l'électricité était reine partout depuis longtemps. En l'absence de Fritz Edel, étaient nés les avions, les réfrigérateurs, les ascenseurs, les buildings. La quatrième vie de Fritz Edel est terminée. Il l'a vécue en troglodyte, il ne comprend plus rien au monde qui l'entoure. Que va-t-il faire de la liberté, sa cinquième vie ?

En avril 1957, débarque à Brême un vieillard de soixante ans. Chauve et portant des lunettes. Il a le regard un peu égaré, un peu fou, de ceux qui ont côtoyé la mort de près. Des journalistes sont là. Les éclairs des flashes l'aveuglent. Il ne reconnaît pas deux lointains cousins venus l'accueillir à sa descente du bateau.

On lui demande quels sont ses projets, ce qu'il pense de la peine de mort, et de l'Amérique. On lui propose d'acheter ses mémoires, il participe à une émission de radio Ouest-allemande, et déçoit les producteurs car il n'est ni agressif, ni intéressant.

A la question :

« Qu'attendez-vous de la vie à présent ? »

Il a répondu :

« Rien. La vie n'apporte que la mort. »

Mais le débat ne se situait pas à ce niveau.

Alors, on l'oublia. Il ne faisait pas partie de ceux qui montent des associations, qui militent, et président à des comités de défense tous azimuts.

Ce que Fritz Edel a fait de sa cinquième vie, personne n'en sait rien.

LE BATARD DE SICILE

MATTEO est un de ceux qui parlent pour ne rien dire et se mettent en colère pour rien. C'est l'avis de toute sa famille, jusqu'au dernier des neveux.

Le dernier des neveux est justement en train de raser un client dans sa boutique de coiffeur, lorsque Matteo entre. Il semble joyeux, et le béret qu'il plante d'habitude sur ses cheveux graisseux a un petit air guilleret inhabituel.

Le neveu, un parmi les douze de l'oncle Matteo, s'appelle Toto. Il est méfiant. Personne n'a jamais vu le vieil homme faire un sourire à quelqu'un. A tel point qu'on l'appelle dans la famille « ours malade », et que tout le monde dans le quartier ne le salue que de loin.

Aussi, le bonjour du neveu est-il circonspect :

« Bonjour oncle Matteo, bonjour... Tu vas bien ?

— Viens un peu dehors, Toto, j'ai à te parler ! »

Malgré son sourire inhabituel, le vieux n'a pas perdu le ton autoritaire qu'il emploie d'habitude.

Le neveu le suit donc sur le trottoir, son rasoir à la main, laissant son client couvert de mousse à raser, et l'œil dénué de curiosité.

Oncle Matteo observe la rue autour de lui avec méfiance. Ayant constaté que mille oreilles indiscrètes traînent alentour, il se penche à celle du neveu :

« Par hasard... est-ce que ta mère n'est pas malade du cœur ? »

Le neveu barbier en reste la bouche ouverte. L'oncle aurait-il perdu la tête ?

« Eh bien, parle ! Elle est malade du cœur ta mère, ou non ? »

Toto secoue la tête négativement.

« La mère est saine comme un poisson ! Mais pourquoi veux-tu le savoir ? »

Oncle Matteo et son sourire énigmatique sont décidément très inquiétants, et le neveu s'affole :

« Qu'est-il arrivé ?

— Il n'est rien arrivé, absolument rien arrivé... »

Et le vieux se met en colère pour répéter :

« Absolument, rien arrivé ! Tu m'entends ! »

Et tournant le dos au neveu, le vieil oncle Matteo s'en va.

A son tour, Toto le neveu retourne à son client, qui lui demande sous la mousse à raser :

« Alors ? Qu'est-ce qui se passe ? »

Et Toto se met en colère à son tour :

« Rien ! Il ne se passe absolument rien ! »

Si. Bien sûr, il se passe quelque chose. Mais Toto n'en sait rien. Personne n'en sait rien. Seul le vieil oncle Matteo, l'ours malade, à quatre-vingt-cinq ans, sait.

Il sait parce qu'il connaît, lui, le plus vieux de sa génération l'histoire vraie du « bâtard de Sicile ».

Cette petite scène de la vie sicilienne, entre l'oncle Matteo et son neveu Toto le barbier, se passe en avril 1953, à Catane, ce joli port de la côte est de la Sicile, si souvent dévasté par l'Etna.

L'oncle Matteo trotte allègrement sous le soleil de printemps, jusqu'à la demeure d'un autre sien neveu, Marcello, pêcheur de son état.

Marcello ne va à la pêche que les jours de pleine lune. Chacun sait que le reste du temps, il dort. Il dort car par les nuits sans lune, il fait la contrebande des cigarettes, pour nourrir sa demi-douzaine d'enfants.

L'oncle Matteo le secoue sans précaution. Il a toujours cet étrange sourire.

« Sors de là, il faut que je te parle! »

Deux minutes plus tard, Marcello regarde partir le vieil homme, en se frappant le front... Sa femme, Amelia, l'interroge :

« Qu'est-ce qui se passe Marcello? Qu'est-ce qu'il y a? »

En colère lui aussi, comme son frère barbier, Marcello se met à crier :

« Il n'y a rien! Il ne se passe rien!... »

Ainsi va le vieil oncle et son sourire inquiétant, de neveu en neveu... Et il rend dans là journée, douze visites mystérieuses. A chacun il a demandé si le père ou la mère se portait bien... En quel honneur s'inquiète-t-il de ses frères et sœurs? Pourquoi va-t-il demander à ses douze neveux, si les sept frères et sœurs vivants, plus les six beaux-frères ou belles-sœurs, ne sont pas malades? Cela fait sept + six = treize personnes... de sa génération dont il s'inquiète soudain. Il ne les voit pas souvent, certes, car il vit seul avec la cadette de ses sœurs, la quinzième de sa génération, Maria-Liberata, âgée de soixante ans.

Le soir, à peine fatigué après son étrange périple, il retrouve Maria-Liberata furieuse.

« Où étais-tu passé ? Tu crois que je prépare ton déjeuner pour le jeter aux chiens ? »

Il a toujours ce sourire exaspérant.

« Ne t'énerve pas. Il faut profiter de la vie... Tu n'es pas malade au moins ? »

Maria-Liberata regarde son frère avec stupéfaction. C'est la première fois de toute sa vie, qu'il répond à ses cris par une phrase presque gentille...

« Non je ne suis pas malade... C'est toi qui l'es ! Tu deviens fou ma parole ! Voilà des jours et des jours que tu t'enfermes avec des papiers, que tu cours en ville voir je ne sais qui, et aujourd'hui tu ne rentres pas déjeuner ! Je te préviens, Matteo, si tu es tombé sur une femme, et que tu veux la faire venir ici, c'est moi qui partirai ! »

La seule chose, en effet qui paraisse justifier l'étrange comportement de son frère, c'est le mariage. Et pour Maria-Liberata, ce serait un crime, une horreur ! A quatre-vingt-cinq ans, Matteo a déjà échappé grâce à elle, à une bonne dizaine de femmes, toutes, selon elle, plus intéressées les unes que les autres. Car Matteo est le seul propriétaire de la maison familiale. Et en Sicile, une maison comme la sienne, est une fortune. Même si celui qui l'habite ne mange pas des raviolis tous les jours.

Mais l'oncle Matteo ne se met pas en colère comme d'habitude, lorsqu'elle aborde ce sujet brûlant, il la fait taire, ordonne qu'elle lui amène son fauteuil, une bassine pour son bain de pieds quotidien, et dit :

« Assieds-toi, Maria-Liberata. Tu vas m'écouter. Tu es la plus jeune de nous tous, tu ne sais rien, c'est normal, les autres non plus ne savent rien. Moi je sais ! J'étais là quand ça s'est passé. J'avais douze ans.

— Quoi ? Que s'est-il passé quand tu avais douze ans ? Est-ce que tu radotes Matteo ? Est-ce que tu deviens vieux ?

— Je suis vieux, en effet. Le plus vieux de nous tous, et c'est pour ça que je sais ce que vous ne savez pas ! A présent, tais-toi et écoute-moi. Mais je te préviens, Maria-Liberata, si tu dis un seul mot aux autres, je t'étrangle de mes propres mains ! »

Soumise, et un peu terrifiée, car le vieil ours a soudain repris son ton habituel, Maria-Liberata s'assoit comme en contemplation devant les pieds de son frère dans la bassine, et écoute.

Le vieux Matteo prend un air inspiré, et commence.

Matteo raconte donc à sa sœur cadette, Maria-Liberata, ce que personne ne sait dans la famille, et ce qu'il n'a voulu dire à personne de toute la journée.

« C'était il y a un peu plus de cent ans. Maria, notre mère, et Francesco notre père, se sont mariés. De ce mariage sont nés onze enfants. Dans l'ordre : Venera, Giuseppe, moi, Matteo, Sigismond, Filadelfio, Alfio, Angela, Cirino, Gaetana, Nazarena et toi Maria-Liberata. Giuseppe est mort, quelque temps avant ma naissance. Je suis donc devenu l'aîné. »

Sa sœur l'interrompt avec vivacité.

« Tu dis que tu sais tout, mais tu oublies Venera, Venera était notre sœur aînée, et elle est morte !

— Je n'oublie pas Venera ! Laisse-moi parler ! Tu es la dernière, tu n'y connais rien ! Donc, nos parents ont eu dix enfants vivants...

— Mais !... Venera ?

— Je dis dix enfants vivants ! Giuseppe est mort, moi je suis resté célibataire, et les autres se sont mariés, sauf toi. Nous avons actuellement six beaux-frères et belles-sœurs vivants ; ce qui fait dix + six égal seize personnes de la famille, qui ont eu douze enfants, soit vingt-huit en tout. Je ne compte pas les arrière-petits-neveux.

Maria-Liberata ne semble pas d'accord sur le chiffre. Elle a beau compter sur ses doigts, elle n'en trouve que vingt-sept. Venera est morte ! Pourquoi Matteo s'obstine-t-il à la compter dans le lot ? Elle compte et recompte encore...

Mais le vieux Matteo balaie la contestation qui pointe sur les doigts de sa sœur.

« Tais-toi. J'explique : Ma sœur Venera, qui aurait plus de quatre-vingt-dix ans aujourd'hui, s'est mariée à un paysan de la plaine, et n'a pas pu lui donner d'enfant. Je me souviens de ce mariage. Il s'appelait Giovanni, et ma mère disait qu'il était comme un taureau malade. Cela voulait dire qu'il ne pouvait pas avoir d'enfants et que Venera allait rester le ventre sec jusqu'à la fin de ses jours. J'avais sept ans à cette époque. Un jour, Giovanni s'est battu avec un autre homme qui avait mal regardé sa femme, et il l'a tué au couteau. Les parents n'ont pas voulu le cacher de la police, parce qu'il n'était pas un homme, tu comprends ? Alors la police l'a pris, et il a été condamné au bagne. Et il est mort là-bas. Ce qui fait que ma sœur était veuve à dix-huit ans ! »

Maria-Liberata ouvre de grands yeux. Jamais, personne ne lui avait raconté cette histoire. En se rengorgeant, Matteo continue.

« Venera était belle à dix-huit ans. Très belle. Elle avait besoin d'un homme. Au village, elle a rencontré Francesco, il était de bonne famille, mais marié. Comme il ne pouvait pas épouser ma sœur, il l'a prise comme maîtresse ! C'était une honte dans la famille. Cela a duré deux ans. Et au bout de deux ans, Francesco est mort subitement, alors que ma sœur attendait un enfant. Ce qui était encore plus honteux ! Moi, je savais tout cela, mais les autres non. Et toi, Maria-Liberata, tu n'étais même pas née...

« Notre sœur Venera qui n'avait que vingt ans, a voulu revenir à la maison, mais la famille lui a claqué la porte au nez ! Je crois même que la mort de Francesco avait été préparée, pour la vengeance, tu comprends ? Il avait déshonoré Venera. Alors, voyant que personne ne voulait d'elle, elle est partie ! Et on a dit à tout le monde qu'elle s'était jetée à la mer. Qu'elle était morte ! Mais moi je sais qu'elle n'est pas morte ! Pas à ce moment-là. J'en ai la preuve. »

Maria-Liberata, fascinée par l'histoire, n'ose plus poser de question. Elle change humblement l'eau de la bassine où trempent les pieds de son frère, et attend la suite, les yeux écarquillés.

Toujours pontifiant, le vieux Matteo enchaîne sûr de son effet :

« De Venera, il n'est resté qu'un méchant souvenir qui s'est estompé peu à peu au fil des années. Le temps n'épargne personne. Un jour nos parents sont morts, et moururent aussi les cousins, les oncles, les tantes, et les voisins témoins de ce scandale. Personne ne s'est préoccupé de savoir ce qu'était devenue Venera. Même pas la famille de Francesco. Pour toute la génération suivante, pour mes frères et sœurs, pour toi, elle était morte. Et pour les neveux actuellement, elle n'a jamais existé, ils n'en ont jamais entendu parler.

« Mais moi qui suis le plus vieux, je me souviens d'elle à quinze ans. Le jour de son mariage, tout en blanc, elle était belle ! Et à dix-huit ans, tout en noir, elle était belle aussi. Le jour où elle est partie avec son enfant dans son ventre, elle était encore belle, elle n'avait que vingt ans... Et elle était deux fois veuve. Parce qu'elle l'a aimé Francesco, moi je l'ai vu.

« Alors écoute-moi bien, maintenant, Maria-Liberata. Tu ne vas répéter à personne ce que je vais te dire maintenant. Pas avant que j'aie réglé certaines affaires. Tu m'entends ?

« Il y a deux semaines, j'ai rencontré un de l'autre famille. Un petit neveu de ce Francesco. Lui non plus n'a jamais entendu parler de cette histoire. Et comme je suis le plus vieux, il est venu me montrer un article de journal, que lui avait envoyé un ami de Palerme. Il m'a dit : « Oh ! « Matteo l'ancien, est-ce que tu as connu ma « famille ? » Je lui ai dit : « Oui, j'ai connu ta « famille, elle habitait à Lentini et ma famille « aussi. » Alors il m'a dit : « Peux-tu me dire si tu « connais celui dont on parle dans cet article ? »

« Alors j'ai lu l'article et je vais te le lire maintenant. »

Le vieux Matteo sort de sa poche la coupure d'un journal, soigneusement pliée, et lit :

« Nous apprenons que l'un de nos compatriotes émigrés au Canada, vient de mourir subitement à Montréal d'une crise cardiaque. Il s'agit de M. Francesco D., âgé de soixante-seize ans, originaire de Lentini. M. D., un riche industriel, était propriétaire de nombreux gisements pétrolifères au Canada, et n'a laissé aucun testament. Le défunt n'a aucun héritier, car il ne s'était jamais marié, et sa mère, Venera, était morte il y a plus de vingt ans. Tous les biens de l'industriel sont bloqués dans des banques canadiennes, anglaises et suisses. La fortune du défunt dépasserait le milliard de lires... »

Le vieux Matteo reprend son souffle.

« Tu comprends ? Ce Franceso D. c'est le fils de notre sœur aînée Venera ! Son fils naturel ! Et ils disent qu'il n'a pas d'héritier, mais c'est faux ! C'est nous les héritiers ! C'est nous sa famille ! Et quand le petit neveu m'a demandé si je connaissais cet homme et s'il était son parent, je ne lui ai rien dit ! J'ai dit qu'il devait s'agir d'un vague cousin...

— Et pourquoi ne lui as-tu rien dit ? S'il est le fils de Francesco D., c'est à eux que revient l'héritage !

— Ah ! non. Ah ! mais non ! Ils ne l'ont jamais reconnu ce bâtard ! Ils n'en ont pas voulu ! Le bâtard est à nous, à nous seuls, c'est le fils de Venera, elle ne s'est jamais remariée, et elle a donné à son enfant, le nom de Francesco, pour la honte tu comprends ! Parce qu'elle ne voulait pas s'appeler comme nous.

« Au Canada, c'est facile, tu entres, tu dis que

tu t'appelles comme ça, et c'est fini; elle y est arrivée vers 1875, par là. Au lieu de se noyer, elle a émigré. Et son bâtard est devenu riche! Et il n'a jamais eu d'enfant, et son nom, c'est un nom d'emprunt. Et les héritiers, c'est nous, ses oncles, ses tantes.

— Alors, tu aurais pu le dire à l'autre famille, qu'est-ce que ça change?

— Ça change, ça change... Qu'ils n'ont qu'à se débrouiller tout seuls pour faire les recherches. Ça leur apprendra! Ils ont pris un notaire à Palerme, ça coûte cher, ils croient qu'ils vont toucher un morceau du magot, parce qu'ils sont cousins. Et moi, je n'ai qu'à attendre, tu comprends, sans payer. Quand le notaire découvrira la vérité, c'est lui qui viendra me chercher, pour m'offrir le milliard, et les puits de pétrole, il sera bien obligé. Et comme ça, Venera, notre sœur, sera vengée! Et nous, on sera riches! Tous riches! Du pétrole, Maria-Liberata, tu sais ce que c'est le pétrole? Et les banques suisses et anglaises et canadiennes! »

Ah! ce fut une belle pagaille. Car Maria-Liberata, bien sûr, ne tint pas sa langue. Et la famille D., du plus petit neveu au plus lointain cousin, engagea la bataille. De tous les coins du monde, d'Amérique et de Sicile, les D. révisaient âprement leur arbre généalogique, qui aboutissait toujours au même bâtard, le fils de Venera Nigro. Des Nigro de Lentini et de Catane. Et à Catane, le vieil oncle Matteo jubilait, et criait et hurlait et se fâchait.

« Je m'appelle Nigro, Matteo Nigro, le frère de

235

Venera, l'oncle du bâtard ! C'est moi le plus vieux, c'est à moi l'argent ! Le pétrole ! A moi ! »

Le ministère des Affaires étrangères dut envoyer au Canada un de ses fonctionnaires pour vérifier la descendance et compter la fortune. Cela prit un an.

Enfin, l'enquête officielle se déclencha à Lentini, pays du drame. Et l'on apprit l'histoire du bâtard, et les vieilles querelles de famille reprirent une nouvelle vigueur près de cent ans après, entre les D. et les Nigro.

Les D. menaçaient du poing :

« Vous avez tué notre oncle Francesco parce qu'il était l'amant de Venera ! »

Et les Nigro rétorquaient, le vieux Matteo en tête :

« Francesco était un lâche ! Il a déshonoré Venera !

— Oui, mais vous l'avez chassée votre Venera !

— Et vous, vous n'avez pas voulu du bâtard ! »

La guerre dura si longtemps, que le vieil oncle Matteo avait quatre-vingt-dix-sept ans, lorsqu'il mourut de rage, dans son lit, sans avoir touché encore la moindre lire de ce milliard qui dormait en banque.

Et l'on dit que de nos jours, en 1980, l'héritage n'est pas encore distribué, car les douze neveux, devenus vieux à leur tour, se battent avec la génération suivante, pour le partage.

Ainsi n'en finit pas de finir l'histoire du bâtard de Sicile, celui par qui le scandale arriva.

EDWIGE LA BLONDE

Il fait à Göttingen un temps splendide, en cet été de 1955. Un soleil lourd et chaud a envahi la ville. Devant l'hôpital psychiatrique, une jeune femme descend d'une voiture luxueuse. Un chauffeur lui ouvre la portière, s'incline, et sans un mot la regarde s'éloigner vers le portail d'entrée.

La jeune femme est vêtue d'une simple robe noire, et porte des lunettes. Elle est splendide. Splendide de cheveux blonds, qu'elle semble avoir eu du mal à tordre en chignon. Le visage est pâle, les traits fins, la silhouette remarquable de proportions, la jeune femme marche les mains vides.

Elle pénètre dans le hall de pierre, où règne une fraîcheur bienfaisante. Derrière un comptoir de bois, une secrétaire la regarde s'avancer. Peut-être se dit-elle : « Tiens, voilà une dingue qui a de l'allure. »

Edwige Shauser, la dingue qui a de l'allure, lui demande alors d'une voix extrêmement calme :

« J'ai pris rendez-vous avec le docteur Thiel, où puis-je l'attendre s'il vous plaît ? »

La secrétaire se renseigne, puis guide la visiteuse vers un petit salon meublé de fauteuils en plastique. Elle lui demande son ordonnance, vérifie le rendez-vous, et la laisse seule.

Edwige Shauser s'assoit, le dos droit, le regard vague et attend. Dix minutes plus tard, le médecin en costume clair sourit en ouvrant la porte de son cabinet. Le docteur Thiel est psychiatre, il porte la cinquantaine avec élégance, c'est un homme pondéré, qui jouit d'une excellente réputation à Göttingen.

Il a un regard un peu étonné en découvrant sa future cliente, et pense immédiatement :

« Quel ennui ! Encore une de ces femmes de la haute société qui à force de s'ennuyer s'est découvert une névrose. Qu'est-ce qu'elle vient faire à l'hôpital ? »

Et, bien sûr, il se trompe. Edwige Shauser n'appartient pas à la haute société, et ce qui la pousse à consulter le meilleur psychiatre de la ville est bien plus intéressant qu'une simple névrose de femme du monde.

A présent, la jeune femme est assise dans le fauteuil de cuir, en face du psychiatre et l'interrogatoire commence, en douceur, sur le ton d'une simple conversation. La première question est classique :

« Alors ? Qu'est-ce qui ne va pas ? »

Edwige a un faible sourire.

« Mon histoire est très simple docteur. J'ai résisté le plus longtemps possible, mais je sais maintenant que je ne m'en sortirai pas toute seule. Je viens vous demander votre aide, de ma propre initiative et en parfaite connaissance de

238

cause. J'ai besoin d'être surveillée et prise en charge. Je ne peux plus vivre seule, je deviens dangereuse, pour moi comme pour les autres.

— Dangereuse ? Qu'appelez-vous dangereuse ?

— Des idées morbides. Une envie de me tuer ou de tuer. Une envie terrible qui me prend sans raison. C'est comme si je n'étais plus moi-même, ou bien comme si j'étais enfin moi-même, c'est difficile à dire. Pendant les crises, j'ai l'impression d'être lucide, beaucoup plus lucide que jamais. En dehors des crises, je ne sais pas, je vis comme un automate, je ne suis consciente de rien d'important. Rien ne me touche, rien ne m'atteint. Je ne vis pas. Je ne vis, je n'existe vraiment que lorsque les idées noires me viennent. Là, je sens mon corps, mon cerveau, je suis capable de pleurer, de crier, de tuer. Et depuis quelque temps les crises se rapprochent. J'ai peur de ne pas résister plus longtemps et de finir en prison un jour ou l'autre, ou de mourir.

— Vous souffrez ?

— Par moments, oui. D'une souffrance intraduisible. Parfois aussi, la nuit surtout, des choses m'envahissent. Des choses ou des êtres, je ne sais pas. Des bêtes, peut-être. Je les appelle les bêtes de la nuit. Elles m'enveloppent, me mangent, me tirent vers l'enfer. Ecoutez docteur, je suis folle, ou en train de le devenir, il me reste assez de lucidité pour m'en rendre compte. Je suis venue vous demander de m'interner le temps qu'il faudra. Je m'en remets à vous.

— Je ne peux pas vous interner comme ça ! Il faut des examens, je veux être sûr que c'est la bonne méthode !

— Je vous fais confiance. Mais s'il vous plaît, ne me laissez pas repartir. J'ai peur.

— Vous voulez être hospitalisée aujourd'hui ? Maintenant ?

— Je vous en prie. J'ai peur des jours et des nuits qui viennent. »

Le docteur Thiel a pris des notes, il a observé les gestes, le comportement de la malade, et il hoche la tête en signe d'acquiescement. De toute manière, il n'a pas le droit de refuser son aide. Un médecin, psychiatre ou non, est un homme que l'on appelle au secours dans la souffrance. Il se doit de la soulager. Bien entendu, il est extrêmement rare qu'un malade se présente lui-même en psychiatrie. Rare, mais intéressant. Et que ce malade demande en plus à être interné, c'est exceptionnel. Cela nécessite une enquête et des examens méticuleux.

Mais dans le cas d'Edwige tout est simple. Elle a parfaitement analysé sa maladie, les examens mentaux le prouveront.

C'est ainsi que le 17 juin 1955, elle regarde signer son propre certificat d'internement avec soulagement. Puis elle retourne à l'extérieur chercher une petite valise que lui remet le chauffeur de la voiture luxueuse qui l'a amenée à l'hôpital.

En pénétrant dans la petite chambre qui lui est allouée, Edwige dit à l'infirmière d'un air triste :

« J'ai l'impression d'être une droguée qui n'aurait plus jamais peur du manque. Ici au moins on peut être fou sans gêne et sans honte, c'est une délivrance. »

L'étrange jeune femme fera sa première crise le lendemain de son arrivée. Et les médecins qui vont se pencher sur son cas auront souvent l'occasion d'empêcher le pire.

Edwige cherche la mort. La sienne ou celle de quelqu'un d'autre c'est selon. Les électro-encéphalogrammes révèlent parfois des anomalies inquiétantes. Le traitement débute un peu à tâtons, les mois passent, la jeune femme maigrit, et passe par des périodes d'abattement épouvantable pour se jeter dans des crises d'hystérie violente, non moins épouvantables. Au bout d'un an, cependant, elle semble aller mieux, et elle accepte un jour de dialoguer avec le docteur Thiel à propos de sa vie privée. Chose qu'elle avait refusée jusqu'alors. Le psychiatre connaissait d'elle l'essentiel, mais en surface.

Son âge, trente-huit ans. Sa situation de famille : célibataire. Le reste il l'a deviné.

Edwige Shauser est cultivée, intelligente, son esprit est porté vers la logique et les chiffres. Elle a un sens et un goût artistiques très sûrs. Mais qui est-elle et d'où vient-elle, mystère. Il note comme un progrès évident la conversation qu'il a avec sa malade, après une année de soins et d'internement. Edwige raconte qu'elle ne travaille plus depuis une dizaine d'années. Après avoir été l'assistante d'un conseiller juridique, elle a rencontré un homme qui l'a entretenue. Un homme riche et généreux. C'est dans la voiture de cet homme, pilotée par son chauffeur personnel, qu'elle est arrivée à l'hôpital il y a un an. Dissimuler sa maladie devenait impossible. Elle a préféré rompre. Ce qui ne lui a guère coûté car elle n'aimait pas cet homme. Il était simplement un moyen d'existence.

Cela mis à part, Edwige n'a aucun revenu, et demande tout à coup au psychiatre :

« Croyez-vous que je sois capable de rendre quelques services ici ? Pas infirmière, bien sûr, mais dans l'administration ? Je pourrais m'occuper du secrétariat ?

— Vous en avez envie ?

— Il me semble que cela m'aiderait à m'en sortir. J'ai parfois besoin de me rendre utile.

— Vous ne préférez pas faire une tentative à l'extérieur ? Personnellement je suis prêt à vous y autoriser.

— Non. Je suis bien ici. Mais si j'ai envie de sortir de temps en temps je vous demanderai l'autorisation.

— D'accord », dit le médecin, ravi de voir sa malade en de si bonnes dispositions.

Ainsi commence pour Edwige une nouvelle existence, sereine, calme, et qui va durer trois ans.

Trois années pendant lesquelles, quelque part dans un bureau de police de Göttingen, l'inspecteur Bremer va s'arracher les cheveux et se ronger les ongles, devant un dossier qui grossit si régulièrement qu'il en devient fou à son tour.

L'inspecteur Bremer est un homme nerveux de nature. Il n'aime pas les choses incompréhensibles, il n'aime pas ce dossier énorme qui grossit sur son bureau de semaine en semaine. Et il n'aime pas non plus cet homme qui le traite d'incapable depuis dix minutes.

« Inspecteur, vous êtes payé pour nous protéger, et qu'est-ce que vous faites depuis deux ans ?

J'aimerais le savoir ? Je suis contribuable, je paie des impôts, je suis le plus gros commerçant de la ville, et cette ville est devenue un repaire de brigands et d'assassins ! On m'a volé, monsieur, on a pillé ma boutique, on l'a dévastée ! »

Volé d'accord. Mais pillé et dévasté, le gros boucher exagère. Juste un trou dans le rideau de fer, juste un trou dans la caisse enregistreuse, et juste un autre trou dans son coffre-fort.

Des trous, c'est tout ce que l'inspecteur a pu constater. Et c'est chaque fois la même chose. Depuis deux ans, il ne voit que des trous, propres, impeccables, juste grands pour y passer la main, découpés au chalumeau et même à la scie à métaux, tout bêtement. Chez l'épicier, le marchand de vins, le bijoutier, le bonnetier, le boulanger, le revendeur d'électroménager, de radios, de tapis, de bibelots-souvenirs, ils y passent tous les uns après les autres.

Un par semaine, en moyenne. Avec à chaque fois les mêmes trous bien propres. C'est à devenir fou. Aucun indice n'a permis jusqu'à présent de repérer l'auteur de ces cambriolages qui lui ont rapporté depuis deux ans, une fortune énorme. L'homme est d'une habileté remarquable. Il découpe à proximité d'une serrure, ouvre la porte ou le rideau, pénètre dans le magasin, referme le rideau ou la porte, refait un trou dans le tiroir-caisse et le coffre-fort, se sert et s'en va par le même chemin. Ce voleur énervant de méthode et d'efficacité opère toujours à bon escient. Toujours lorsque le commerçant est absent justement cette nuit-là, à cette heure-là, s'il habite au-dessus. Et de toute manière, toujours lorsque sa caisse ou son coffre est rempli.

Comment le sait-il ? Comment fait-il pour agir à coup sûr, sans bruit, sans être inquiété, sans jamais avoir laissé l'ombre d'une trace quelque part ?

L'inspecteur Bremer n'a remarqué qu'une chose en deux ans. Le voleur ne s'attaque qu'aux magasins riches, aux boutiques réputées. Il n'a jamais cambriolé une épicerie minable. Et son rayon d'action est limité aux quartiers chics. Un Arsène Lupin du commerçant. Voilà ce que cherche l'inspecteur Bremer, qui écoute le gros boucher d'une oreille tendue.

« Je vous préviens inspecteur, l'association des commerçants de Göttingen s'est réunie. Nous exigeons des résultats !

— Très bien, parfait, alors aidez-moi. Réunissez-vous une nouvelle fois, et cherchez une relation commune. Quelqu'un que vous fréquentez les uns et les autres, quelqu'un qui peut en savoir suffisamment sur vous pour opérer sans être dérangé ! Ou alors mettez des systèmes d'alarme après vos tiroirs-caisses ! Ou alors mettez un pétard dans votre coffre-fort ! Qu'est-ce que vous voulez que je fasse ? Que je mette un policier de garde devant chaque boutique ?

— C'est votre problème inspecteur. Mais si nous n'avons pas de résultat, nous demanderons à vos supérieurs d'agir en conséquence. »

Sur ce, le gros boucher qui a été dévalisé la nuit précédente d'une liasse de billets pour environ dix millions d'anciens francs, se retire avec une dignité courroucée.

Et l'inspecteur Bremer s'arracherait volontiers quelques cheveux de plus, s'il lui en restait suffisamment.

Tout le fichier des cambrioleurs, spécialisés du hold-up ou de l'agression, a été passé en revue. Tous les indicateurs sont sur les dents, quelques malfrats ont été arrêtés à titre de principe, puis relâchés. Interrogatoires, menaces, rien n'a donné rien. Ce voleur est une ombre.

Pendant ce temps, bien loin de ces problèmes qui concernent la vie extérieure, Edwige Shauser, la plus jolie malade du docteur Thiel, mène une existence presque normale. Elle travaille comme secrétaire à l'économat de l'hôpital, et sort deux fois par semaine, en ville. Les crises se sont espacées, mais le traitement est encore nécessaire. Elle a même entrepris une psychothérapie avec le docteur Thiel. Tous deux recherchent à travers Freud l'origine des bêtes de la nuit qui hantent la jeune femme.

Or, un matin d'octobre 1959, l'économe de l'hôpital fait une curieuse découverte. En terminant une tournée d'inspection à travers les caves, il ouvre machinalement une vieille armoire, remisée dans un coin obscur. Sur une étagère, il aperçoit un petit coffre en acier, dont le poli indique clairement qu'il est neuf, et nullement abandonné. Le coffret possède une bonne serrure.

Intrigué, le fonctionnaire le remet en place, et le soir même, en parle à un de ses amis policiers. Il est sûr que ce coffret n'appartient à personne de son entourage. Le policier lui propose alors de l'ouvrir sans dommage visible. La police en ce domaine a les mêmes moyens et les mêmes spécialistes que les cambrioleurs les mieux équipés.

Une fois le couvercle soulevé, les deux hommes restent un instant muets. En billets soigneusement rangés par liasses, il y a là environ cinquante millions de nos anciens francs. Un petit trésor.

Par réflexe professionnel, le policier vérifie les numéros, et le lendemain au commissariat central de Göttingen, il les compare à une liste que détient l'inspecteur Bremer. Cette liste est le seul espoir de la police depuis des mois. Par chance, un bijoutier de la ville, cambriolé comme les autres, avait noté les numéros des billets se trouvant dans son coffre. Sage précaution, car une bonne partie de son bien, se trouve encore dans le petit coffret...

Cette fois, l'inspecteur Bremer a de quoi faire travailler ses méninges, qui tournaient à vide depuis trop longtemps.

En quelques minutes, il est à l'hôpital psychiatrique, et demande à être reçu par le médecin-chef.

Le docteur Thiel l'écoute avec curiosité :

« Voilà docteur, à présent, il est certain que mon voleur se trouve ici, parmi le personnel, ou les malades. Alors, cherchons ensemble. »

Le personnel est rapidement éliminé. Pratiquement constitué de femmes à part quelques infirmiers solides au pavillon des agités, il est irréprochable. Les médecins eux-mêmes font l'objet d'un tour d'horizon rapide, car Bremer poursuit une idée :

« A mon avis, il ne peut s'agir que d'un malade, qui a la faculté de sortir d'ici régulièrement.

— Je n'en ai qu'un pour l'instant dans mon service inspecteur, les autres viennent de l'extérieur pour des visites de contrôle et n'ont jamais accès aux caves. Ils n'en connaissent même pas l'existence.

— Qui est ce malade ?

— Une femme. Une jeune femme, voici son dossier. Edwige Shauser.

— Elle est malade de quoi ?

— Secret professionnel inspecteur, vous n'y songez pas. D'ailleurs il s'agit d'une femme, pas d'un Arsène Lupin de la cambriole. Il serait stupide de la soupçonner.

— Pourquoi stupide ? Elle sort régulièrement oui ou non ?

— Bien sûr, avec mon autorisation. Cela fait partie d'une thérapeutique que j'ai moi-même approuvée à sa demande. Mais il ne peut s'agir de votre voleur. Cette jeune femme est cultivée, intelligente, très belle, elle vit seule, sans famille, et elle est venue d'elle-même se faire soigner.

— Une internée volontaire ? C'est intéressant ça ? Depuis quand ?

— Elle est entrée ici le 17 juin 1955. Pour des raisons graves je peux vous l'affirmer, je la soigne depuis trois ans. »

L'inspecteur regarde la photographie d'Edwige qui orne sa fiche d'entrée. Jolie femme en effet. Un charme certain.

« Quand doit-elle sortir ?

— Dans deux jours. Elle sort régulièrement, le samedi soir et le dimanche.

— Et où va-t-elle ?

— Au théâtre, au restaurant, au cinéma, parfois dans une boîte de nuit, cette jeune femme a mené autrefois une vie brillante, qu'elle ne supportait plus. Elle cherche à la retrouver... Ça l'aide à récupérer son équilibre, je ne peux vous en dire plus. Elle est libre, quand elle n'est pas ici, et j'espère qu'elle le sera bientôt totalement. Encore une fois vos soupçons sont ridicules. »

L'inspecteur Bremer s'en va avec ses soupçons ridicules. Et le samedi suivant, il est en planque dans sa voiture personnelle, devant l'hôpital.

Edwige est facilement reconnaissable. Ses cheveux surtout. Une masse blonde et mousseuse, d'un doré extraordinaire. Elle marche quelques instants sur le trottoir devant l'hôpital, puis une voiture noire et luxueuse s'arrête. Un chauffeur en descend et lui ouvre la portière. Il la salue, comme il saluerait une princesse. Robe moulante et parfaite, venue d'un grand couturier, Edwige monte à l'arrière, et la voiture démarre. L'inspecteur Bremer la prend en filature, et s'arrête comme elle devant un établissement célèbre à Göttingen. Dîner dansant et orchestre. Champagne et homard grillé, Edwige la blonde vit très bien la nuit.

L'inspecteur se renseigne auprès du maître d'hôtel. Mais l'homme ne sait rien de cette femme, pas même son nom. Elle vient régulièrement, seulement la nuit, tous les hommes l'admirent et la suivent du regard, mais elle n'a jamais accordé la moindre faveur à quiconque. Les hommages la laissent totalement indifférente. Par contre, chaque soir, un chevalier servant, jeune, toujours différent, vient la rejoindre. Le genre étudiant pauvre. D'ailleurs, c'est elle qui règle l'addition. Vers deux heures du matin, elle regagne sa voiture, et son chauffeur l'emmène. Un chauffeur, toujours le même, dont personne n'a

248

jamais entendu la voix. Il semble aussi muet que stylé.

En questionnant discrètement les autres chauffeurs qui attendent devant l'établissement, l'inspecteur Bremer n'apprend rien non plus sur cet homme bizarre. Il n'a jamais parlé avec ses collègues. Il n'attend pas comme les autres, il disparaît et revient à deux heures du matin.

Patiemment, l'inspecteur fait donc le guet jusqu'à deux heures du matin. Edwige, « la blonde » comme l'appelle le maître d'hôtel, danse avec son chevalier servant d'un soir. Puis il lui baise la main et s'en va. Elle demande son vestiaire, on lui appelle sa voiture, et la filature reprend jusqu'à l'hôpital. Là, le chauffeur la quitte, toujours muet et stylé, et Edwige disparaît dans le refuge des fous.

Et Bremer se ronge les ongles d'impatience. Il attend qu'un de ses hommes lui ouvre une petite porte, et le guide jusqu'aux caves, situées en dessous du bâtiment administratif.

A pas de loup, les deux policiers suivent l'économe de l'hôpital, ravi de participer à cette enquête nocturne.

Bremer aura toute la nuit pour se ronger les ongles, dissimulé dans un couloir lugubre et glacial, à quelques mètres de la vieille armoire, où il a remis le petit coffret d'acier... Ce n'est qu'à huit heures du matin, qu'Edwige la blonde apparaît. Transformée. Ses cheveux en chignon, des lunettes sur le nez, une robe noire et des souliers plats.

Mais un paquet de billets à la main, une main que saisit l'inspecteur Bremer au moment où elle ouvre le petit coffret d'acier...

Edwige a sursauté à peine. Elle regarde l'homme inconnu et avant qu'il se soit présenté :

« Ah ! c'est vous ! Vous étiez à la table près du bar, hier soir, n'est-ce pas ?

— Je vous arrête.

— Si vous voulez. »

Elle n'a rien dit d'autre. L'enquête révélera que le chauffeur recevait les ordres d'Edwige à chaque sortie nocturne. Elle savait par son travail à l'économat de l'hôpital, qui travaillait avec beaucoup de commerçants de la ville, tout ce qu'il fallait savoir sur leurs finances et le contenu de leur caisse. Tous ces gros commerçants, marchands de tout, vendaient à bas prix la marchandise que la clientèle bourgeoise délaissait. Un véritable réseau.

Seul le bijoutier avait représenté une fantaisie pour la belle Edwige. Elle l'avait rencontré au cours d'une soirée, et l'imprudent avait trop parlé pour la séduire.

L'exécuteur des petits trous, c'était le chauffeur. Un ouvrier remarquable et discret.

Point final ? L'inspecteur Bremer peut garder ses derniers cheveux, et cesser de se ronger les ongles ?

Il a tout trouvé. Le cerveau c'est Edwige, elle s'est fait interner volontairement, pour avoir accès à l'économat, et organiser à elle seule le plus grand racket des commerçants de la ville. Elle menait une double vie. Folle à l'hôpital, riche au-dehors, et parfaitement normale apparemment. Tout est simple, en prison doit aller la belle Edwige.

Eh bien, non. Ce serait trop simple justement. Elle est folle et elle le restera. D'innombrables certificats le prouvent. Le témoignage du docteur Thiel les complète. Et le malheureux inspecteur Bremer n'est pas de taille.

La blonde Edwige sera acquittée des quelques millions volés en deux ans d'activité à l'économat. On ne peut retenir comme préméditation, l'année précédente, où elle a joué la malade pour s'installer dans la place. On ne peut pas. Le docteur Thiel est formel :

« C'est moi le psychiatre ou c'est vous ? Cette femme est irresponsable ! »

Trois cents millions anciens, à peu près, en deux ans, pour une irresponsable, quel beau travail ! Seul le chauffeur fut condamné à quinze ans de prison. Edwige a retrouvé son bon docteur Thiel, elle poursuit avec lui une analyse fort passionnante, et qui peut durer longtemps, sur les motivations de ses actes, toujours guidés par les affreuses bêtes noires.

« J'ai envie de voler ou de tuer, a déclaré Edwige... c'est un besoin. Alors je préfère voler. »

Après tout, elle est peut-être vraiment folle, et consciente de l'être, a fini par conclure l'inspecteur Bremer, qui tenait à ses derniers cheveux.

TABLE

« Composition réalisée en ordinateur par IOTA »

IMPRIMÉ EN FRANCE PAR BRODARD ET TAUPIN
7, bd Romain-Rolland - Montrouge - Usine de La Flèche.
LIBRAIRIE GÉNÉRALE FRANÇAISE - 14, rue de l'Ancienne-Comédie - Paris.
ISBN : 2 - 253 - 03280 - 8